C000180214

STREI1

Merih Günay

aus dem Türkischen von Hülya Engin

*So sehr du auch bleibst, kommt du mit mir, so sehr ich gehe, bleibe ich bei dir.*Shakespeare

mit ihr zu verbringen, durch die Straßen zu streifen, Blicke zu wechseln, etwas zu essen und alles,
was wir sonst so machen. Über unseren Tod
sprachen wir gerade. Sie denke, sie werde wohl
in einem anderen Land sterben, sagte sie. "Ja,"
erwiderte ich. "Ich denke auch, du könntest irgendwo im Ausland sterben." Darauf sie etwas
Unerwartetes: "Aber ohne dich kann ich doch
nicht weg." Ich war verblüfft und bat sie, es zu
wiederholen. Mit geschürzten Lippen sagte sie es
genauso noch einmal. "Wirklich nicht?" fragte
ich. "Natürlich nicht," antwortete sie. Es hat den
Anschein, dass da ein starkes Band ist zwischen
uns. "Manchmal," sagte ich, "glaube ich, dass
wir füreinander bestimmt sind."

"Weißt du", sagte sie, "das denke ich auch
oft."

Auch dieses Mal haben wir kaum geschlafen,
trotz des anstrengenden Tages. Weder unsere
Lippen noch unsere Körper konnten ohne einander sein. Unsere scheinbare geistige Unverein-
barkeit tritt hinter eine klare Linie zurück, so-

bald es um den körperlichen Einklang geht. Ein Zustand hervorragender sinnlicher Harmonie. Unsere Hände können nicht einmal für wenige Augenblicke vom Leib des anderen lassen. Selbst nach den häufigen Höhepunkten der Lust fällt es unsere Lippen schwer, sich voneinander zu lösen. Unser Begehren und unser Glück scheinen schier endlos, wenn wir zusammen sind. Nahezu eine rare Art der Kompatibilität.

Belanglosigkeiten, die nicht stören, wenn wir beisammen sind, bündeln sich zu einer erschütternden Krise und Schmerz, sobald wir getrennt sind. Die sinnliche Liebe überlässt ihren Platz der geistigen, die sogleich zur Tat schreitet.

Belanglosigkeiten. Vielleicht auch nicht. Für mein Dafürhalten ist Haltung wichtig, Mimik, Wortwahl, Berührungen. Sie ist in diesen Dingen viel unbekümmerter. "Meine Sicht der Welt ist anders als deine. Ich nehme Menschen und Ereignisse nicht so ernst wie du", sagt sie.

Anais Nin, schrieb in einem ihrer Briefe an Henry Miller folgenden Satz: "Drama ist alles, der Grund des Dramas ein Nichts!" Das beschreibt mich. Ganz klar. Es legt den Gedanken nahe, dass dies eine Art Seelennahrung von Kreativen ist.

II

Wir wissen, dass wir auf unterschiedliche Arten länger zusammen sind als die reale, messbare Zeit. Ich beispielsweise denke, dass sie tausend Jahre alt ist, sie wiederum ist sicher, dass sie, ungeachtet der Tatsachen, in Wahrheit älter ist als ich. Und ich glaube es ihr. Bei unserem zweiten Treffen, während ich unsere Liebe mit einer großen Leidenshaft in sie ergoss, sah sie mich, unter mir schnurrend wie eine Katze, mit Augen an, als habe sie am Ende ihres tausendjährigen Lebens endlich das ersehnte Glück gefunden. Ich sah in diesem Blick den Ausdruck einer genau tausendjährigen Glückseligkeit.

Das Zimmer unseres ersten Zusammenseins war mir schöner erschienen als das jetzige, wie eine kleine Wohnung, in der wir seit Jahren zusammenleben. Die Küchenzeile, an der sie morgens

Kaffee kochte und Gebäck aufwärmte, das relativ saubere Bad, in dem wir nach jedem leiden-
schaftlichen Liebesspiel duschten, das Zweier-
Sofa, auf dem wir eng aneinander geschmiegt
sitzen konnten, bunte Vorhänge... "Aber ich
kann dich doch nicht verlassen..." Am nächsten
Tag hatte sie mich verlassen. Unmittelbar nachdem sie diesen Satz formuliert hatte, ohne sich
darum zu scheren, wie ich mich vor Schmerz
krümmte.

Die Entfernung von tausend-einhundert Kilo-
metern und ein tausendjähriges Begehren liegen
zwischen uns. Eine neue Krise kündigt sich an,
ich versuche mich zusammenzureißen, doch ver-
gebens. Man sollte nicht so sehr lieben. Wenn
man es vermeiden kann natürlich...

Ich sehe sie vor mir, wie sie, ins Badetuch
gehüllt, aus dem Bad tritt und mit schnellen
Schritten sich nach meinem Hals streckt und
ihre Lippen auf meinen Mund presst. Und mich
küsst und küsst und küsst, während sie mich,

brennend vor Lust, auf unser Bett hinunter-
drückt.

III

Sie kam zurück. Stunden später, genauer, nachdem ich exakt 523 Worte geschrieben hatte.

"Woran denkst du?"
"Ich denke nicht, ich schreibe."

Sie war zurückgekehrt, bevor meine Wut, auf deren Berechtigung ich bestand, verflogen war. Das heißt, nachdem ihre verflogen war. Wenn sie wütend ist, gekränkt oder verblüfft, muss man sie eine Weile in Ruhe lassen. Das kommt mir gelegen, doch ich bin kein Mann der Verteidigung, ich liebe den Angriff.

"Stell dich tot, wenn du mich auf die Palme gebracht hast. Sei still."
"Ich denke nicht im entferntesten daran, Süße..."

Unerwartet früh war sie zurückgekehrt. In sol-
chen Situationen, wenn ich mich auf dünnem
Eis bewegt habe, plane ich auf jeden Fall den
weiteren Verlauf. Wäre sie am nächsten Morgen
nicht zurückgekommen, nachdem sie sich beru-
higt hat, wäre da noch mein Geburtstag als Ret-
tungsanker. Sie hätte sich auf jeden Fall gemel-
det. Sie hätte es nicht übers Herz gebracht, ihn
zu ignorieren. Schließlich war dies nur eine
Atempause. Dass es für uns so etwas wie ein
Ende nicht gibt, das wussten wir beide genau.
Angenommen, sie hätte sich vor meinem Geburtstag drücken können. Für diesen Fall hatte
ich ein Buch zur Hand, das ich ihr, mit markier-
ten Lieblingsstellen, schicken wollte, wenn ich es
ausgelesen hatte. Sie wartete schon voller Vorfreude darauf. Ein Weg des Dialogs. Meine Wut
allerdings dauerte noch an, ich wollte nicht
nachgeben. Weil ich aber keineswegs riskieren
wollte, es zu lange hinauszuzögern und ohne sie
zu sein, lenkte ich meine Aufmerksamkeit auf
ein anderes Ziel. 'Hochzeit der Möwen.'

Ich war derart pleite, derart erbarmungswürdig, selbst auf eine einzelne Zigarette angewiesen und derart einsam, als ich dieses Buch schrieb. Ich schleppte mich schwerfällig durch die Straßen, stolperte über anderer Leute Füße, stieß gegen die Schulranzen von Kindern. Ich war ungewaschen, Straßenkatzen flüchteten bei meinem Anblick hinter die Müllcontainer, Hunde griffen mich an, Polizisten hielten mich auf Schritt und Tritt an und stellten Fragen, die meinem Zustand keineswegs zuträglich waren. War das damit gemeint, eines Morgens aufzuwachen und festzustellen, dass man sich in einen Käfer verwandelt hatte? Oder jede verstreichende Minute eine reale, unausweichbare Verwandlung angesichts von Hunger, Elend, Armut und Leid?

Als ich mit Araksi zusammen war, hatte ich eine großartige Kurzgeschichte mit dem Titel 'Sie weinte' geschrieben, aus meiner Sicht natürlich. Araksi hatte, nachdem sie sie mit weit aufgerissenen Augen gelesen hatte, getobt: "Wenn du die irgendwo veröffentlichst, verlasse ich dich!" Vielleicht aus Angst, von ihr verlassen zu werden oder auch durch sie eines besseren belehrt, dass die Zeit noch nicht reif war für diese Geschichte, hatte ich sie ohne größeren Widerstand weggelegt. Ich verliere im Leben ohnehin, weil ich zu schnell nachgebe. Auch wenn ich die Funktionsweise von Zeit nicht begreife, glaube ich doch daran, dass ein jedes seine Zeit hat. In nur wenigen Stunden werde ich fünfzig. Ich fürchte mich nicht mehr davor, verlassen zu werden. Ich fühle, dass meine längst beendet geglaubte Reise wieder Fahrt aufnimmt. Das ist das einzige, was für mich zählt.

"Weißt du," schreibt sie, "ich habe nachgedacht. Du hast wohl Recht. Künftig werde ich besser auf meine Wortwahl achten."

Es ist wichtig, seine Worte sorgfältig zu wählen... Worte schaffen Verbindungen oder auch nicht. Das ist unbestreitbar.

Himmel und Hölle sind in den Köpfen.

IV

"Du musst mit dem Rauchen aufhören," sagt sie häufig, "und zwar möglichst bald."

Gut, aber was hattest du mir vor Monaten noch gesagt, damit ich mich besser fühle? Waren das nicht deine Worte?

"Du möchtest rauchen, dann rauche, so viel du willst. Du möchtest deinen Tag in betrunkenem Zustand verbringen, dann nur zu. Das alles ist völlig unwichtig für mich. Lebe dein Leben, wie du magst. Komme was wolle, ich werde bei dir sein. Denn das alles macht dich aus. Das bist du, untrennbar von deiner Vergangenheit."

"Richtig. Das sagte ich. Und ich bin, wie versprochen, an deiner Seite. Wenn du allerdings die Anzahl der Nächte, die ich in deinen Armen

verbringe, erhöhen möchtest, solltest du meiner
Ermahnung Gehör schenken."

Die Anzahl der Nächte, die ich in deinen Armen
verbringen werde, erhöhen...

Dinge, die vor einigen Monaten unrealisierbar
schienen, werden mit jedem Tag denkbarer.
Wahrscheinlichkeit. Ja, auch das ist wahrscheinlich, schließlich haben wir gesehen, dass uns so
mancherlei Bedeutungsvolles widerfahren ist.
Gelegentlich werfe ich wieder einen Blick in den
Ankleidespiegel in der Diele. Mein Gesicht ist
fahl, verdrossen, ein Herpesbläschen an meinen
Lippen, wahrscheinlich von dem Anfall vorletz-
te Nacht. Leichtes Fieber habe ich auch. Die
Nacht hindurch hörte ich beim Atmen zwischen
den hartnäckigen Husten ein Rasseln. Ich sollte
das selbst in die Hand nehmen, bevor ein Kran-
kenhausaufenthalt unvermeidbar wird. All die
Injektionen, den Geruch nach Blut und Medizin,
die unwürdige Abfertigung ertrage ich nicht ein
zweites Mal. Ich muss mich von Zigaretten, Alkohol und Krisen fernhalten. Sonst werde ich

am Ende im Sanatorium elendig krepieren wie
eine Kakerlake oder aber, ja, oder aber ich werde die Anzahl der Nächte mit dir erhöhen. Gott
helfe mir. Wenigstens ist die Vorstellung von dir
in meinem Bett mächtiger als mein Gottesglau-
be.

Die unaufhaltbare Zeit fließt weiter. Die meisten der armseligen Menschen sind auch diesen
Abend von der Arbeit heimgekehrt zu ihren
Zimmern, Frauen und Kindern. Zu ihren Möbeln und Betten, ihren Kissen, Decken und fest
zugezogenen Vorhängen. Sie haben Wasserhäh-
ne, Maschinen, Klamotten, Schränke und all den
Kram. Weiße Sitze, auf die sie sich zum Schei-
ßen hocken, ähnlich wie die Streukisten ihrer
Katzen. Ich gehe vornübergebeugt in der Diele
auf und ab. Plötzlich werde ich in ein Konzert
katapultiert. Es ist 1993. Das Jahr, in dem ich
dieses Zimmer bezog. In der engen Diele vor
dem Zimmer, in dem ich fünfundzwanzig Jahre
lang gelebt habe wie ein erbärmlicher Insekt,
findet jetzt ein irres Konzert statt. OpenAir sogar. Der Solist, prollig, in einen pinkfarbenen

Stofffetzen gehüllt, bemerkt das Mikro in seiner
Hand kaum, so dass es im nächsten Moment seinen zitternden Fingern entgleiten und zu Boden
fallen könnte. Sein Körper ist vornübergebeugt,
leerer, glanzloser Blick durch zusammengeknif-
fene Augen. Er spricht zu der Zuschauermenge
vor der Bühne...

Ich will das alles von vorne beginnen.

Die Krise lauert schon. Und die Nächte sind zu
lang, um es mit ihr aufnehmen zu können.

*Ich werde daran arbeiten dich zu heben Hoch
genug nur, um dich wieder nach unten zu ziehen.*

Die Trugbilder in der unaufhaltsamen Zeit auf-
zuhalten versuchen oder aber ein für alle mal
kapitulieren mit fünfzig Jahren, womöglich auf
eine denkwürdige Art, indem man eine außerge-
wöhnliche Vorstellung hinlegt, meine ich. Indem
man stirbt wie eine Wanze, beispielsweise, auf
der Stelle, aber schleppend und schwerfällig, vor

aller Augen. Nicht indem man mit einem Mal als Käfer aufwacht, sondern indem man wie ein Käfer stirbt, meine ich, langsam und kriechend.

Willst du mir nicht etwas zuflüstern? Doch die Vergangenheit ist vorbei. Was ich will, ist von ganz vorne beginnen.[1]

Ich kann dein Flüstern nicht hören, du bist so fern. Das Dielen-Konzert geht dem Ende zu. Die Krise tritt in eine andere Dimension und wird wieder zu dem alten, seelischen, grundlosen Schmerz. Besser so. Ich weiß, dass es mir besser gehen wird, je mehr grundlosen Schmerz ich erleide. Wie war der Satz noch mal?

"Alles ist Drama, ein Nichts der Grund des Dramas." Ein Nichts...

Ich muss dem gelegentlich auf den Grund gehen, ob dies zutrifft oder nicht.

---

1   Tool Sober

Sich nachts um Zwei von sechzig Meter Höhe in
das finstere Meer fallen zu lassen, kommt mir im
Vergleich zu einem Fall von einem erhöhten
Platz wie ein Kinderspiel vor. Denn bis du auf
den erhöhten Platz gelangst, sind immer Leute
bei dir und beim Fallen lediglich die Musik.

V

Durch die Gardinen betrachte ich die noch
nicht aus ihrem Schlaf erwachte Stadt, in den
frühen Morgenstunden einer fiebrig, schwitzend
und mit Schüttelfrostattacken zugebrachten
Nacht. Kalt, im Zwielicht, fröstelnd die Stadt.
Die Menschen immer noch im Tiefschlaf der in
ihren jeweiligen Zimmern errichteten Einsamkeit. Menschenleer die Straßen. Die hässliche
Stadt aus Beton, Metall, Glas und Vorhängen
mit ihren Millionen Zimmern schlummert mutterseelenallein unter ihrer Wolkendecke. Wenn
sie aufwachen und zu ihren Telefonen, Rech-
nern und Arbeitsplätzen eilen, um die einsamen
und unglücklichen Nächte zu vergessen und einander mit aufgesetzter Fröhlichkeit ihre Tages-
vorstellungen vorzuspielen beginnen, werde ich
meinen bemitleidenswerten Geist so weit erschöpft haben, dass es zum Einschlafen reichen

dürfte. Zimmer, Türen, Zimmer. Nächte, Morgen und aufeinander folgende Tage, die träge vergehen und kein Ende finden. Geräusche, Stimmen und Stille. Lügen, Betrügereien, Annäherungen, Entfernungen und ... Ja, und Gedichte.

"Hast du eine Uhr?" fragt der Pirat Ich reiche ihm eine Zigarette und das Licht beginnt sacht durchs Fenster zu dringen

Ich verliebe mich in eine Strophe:
Mein Tisch ist gedeckt für sechs
Kristall und Rosen
Ich mit meinen Gästen
Schmerz und Kummer[2]

Und es leeren sich die Flaschen
Alle Gäste brechen auf
Strecke meine Hand nach deinem Gesicht
Dein Gesicht zieht vorbei an meinem Fenster

2 Tarkowski

Alle Gegenstände singen ein Lied
Du bleibst stumm. Warum?
Baldige Begrüßung des Morgens
Das Band wird durchschnitten gleich

Und eine Frau dreht sich zur Seite im Bett
Ein Kind lächelt im Schlaf
Der erste rote Bus verlässt die Haltestelle-
Sehnsucht nach dir schleicht von fern ins
Zimmer

Zwei Verszeilen erschüttern meine Nacht:
"Mein Vater lächelt mir zu,
Mein Bruder füllt mein Glas.[3]

Ich ziehe einen Stuhl heran
Dein blaues Nachthemd fällt auf meine
Tafel
Den Rest nehme ich mit ins Bett
Du immer wieder du bis zum Morgen...

---

3 Tarkowski

VI

Fassen wir zusammen. Unsere erste Begegnung liegt ziemlich lange zurück. Ehrlich gesagt denke ich manchmal, dass sie noch länger zurückliegt, als es tatsächlich der Fall ist. Die Sache ist etwas verworren, mit Sternen, Zahlen, Wahrsagern, Träumen und all dem Zeug. Damals, als wir uns einige Monate hindurch immer wieder begegneten, habe ich sie nicht wirklich beachtet oder mir einmal genauer angesehen. Ich hatte, die meisten mir bekannten irdischen Vergnügen, die Menschen zuteil werden können, im Übermaß genossen, war bis obenhin gesättigt und wurde mitten in dieser Betriebsamkeit von Tuberkulose ereilt, obwohl ich vielmehr erwartet hatte, kurz vor meinem Vierzigsten ein berühmter Künstler oder ein neuzeitlicher Prophet zu werden, oder zumindest ein erfolgreicher Geschäftsmann. Stattdessen stand ich mit leeren Taschen da.

Diese Sache, die ich meine, widerfuhr mir unmittelbar nach unseren Kennenlernen, nachdem
sie fort war. Was es war, diese Sache, will ich
ungern aussprechen, denn ich fürchte, dass sie
sich wiederholt. Wenn man etwas zu oft wiederholt, ruft man es herbei, sagt man ja. Deshalb
nämlich will ich sie nicht so oft erwähnen. Damals war ich, wie jetzt auch, mit Nora verheiratet. Nora und ich, wir sind eh sehr lange zusammen, fast dreißig Jahre. Ich mag es, ihr immer
andere Namen zu geben. Manchmal nenne ich
sie Araksi, manchmal Anita, manchmal eben
auch Nora. Damit bringe ich etwas Abwechs-
lung in mein Leben, doch das ist jetzt nicht das
Thema. Es geht um sie, die sich immer wieder
bei mir im Laden blicken ließ. Sie kam vorbei,
hatte immer irgend etwas dabei, plauderte über
Bücher und Autoren. Sie sprach damals viel, ich
bin eher wortkarg. Sie spricht immer noch viel,
aber heute möchte ich sie nicht mehr am liebsten am Arm packen und hinauswerfen. Jetzt
bete ich eher so was wie: "Lieber Gott, lass diese
Stimme für den Rest meines Lebens an meinem
Ohr sein." Falls meine Gebete noch erhört wer-

den nach all dem Mist, den ich gebaut habe, natürlich. Wenn ich sie damals keines Blickes würdigte, dann auch, weil ich mich nicht wieder ins Unglück stürzen wollte. Jetzt beispielsweise, wenn sie mir bei einem Videoanruf ihr Gesicht zeigt, dann werde ich von dem Licht des Bildschirms schier geblendet. Wenn ich ihre Stimme höre, fangen Kanarien in meinem Herzen an zu flattern. Was für eine Wandlung... Während ich mir am Bildschirm ihre Fotos anschaue und aufgeregt darauf warte, dass sie schreibt, erklingt Chopin in meinen Ohren. Ich meine, nicht die Musik ist in meinem Ohr, es ist vielmehr, als sitze der Meister höchstselbst in meinem Ohr und spiele exklusiv für uns beide. Von meinen Augen stürzen regelrecht Wasserfälle auf meine Lippen, während auf meiner Nase weiß geflügelte Engel baden. So weit kann's also kommen...

Viele Jahre hatten wir überhaupt keinen Kontakt. Wenn ich sage, überhaupt nicht, dann meine ich wirklich kein einziges Mal. Wir haben uns weder gesehen, noch telefoniert noch gechattet.

Ich hatte sie, als ich von meiner Erkrankung erfuhr, lediglich knapp informiert.

"Ich habe Tuberkulose."

"Sie müssen sich endlich erholen."

Genau das war ihre Antwort. Das schrieb ich bereits an anderer Stelle. Dieser knappe, einsilbige Dialog, kühl, aber auch warm, irgendwie distanziert, aber auch nicht, hat sich mir ins Gedächtnis eingebrannt. Noch immer hat er eine merkwürdige Wirkung auf mich.

Nach einer langen und schwierigen Behandlungszeit bin ich genesen. Eigentlich unerwarteterweise. Ich gab das Rauchen und das Trinken auf. Nachdem ich auch noch das Nachtleben, das Lesen und Schreiben und noch vieles mehr aufgab, legte ich wieder an Gewicht zu und kam allmählich zu Kräften. Nach einer langen Zeit des Müßiggangs fand ich Arbeit und richtete mich in einem ruhigen, einsamen und völlig leeren Leben ein, das genaue Gegenteil des vorherigen. Zunächst wandte ich mich von allen Bekannten und Freunden ab, der Familie, der Verwandtschaft. Dann sah ich zu, dass ich mich allmählich von allen Menschen fern hielt, so weit das möglich war. Von Büchern, Filmen, Autos, Geschäften. Von Accessoires, Dingen, Karten, Rechnungen. Ich gab meine Gehaltsabrechnungen bei Nora ab, trug jahrelang außer der Hose und Jacke am Leib nichts bei mir und tat nichts anderes als arbeiten, ohne mich um Dinge wie Geld, öffentliche Verkehrsmittel, Supermärkte und Kleidung zu kümmern. Stundenlang durch die Straßen streifen und schlafen waren meine einzigen Beschäftigungen. Ein sehr langer Weg und ein sehr tiefer Schlaf. Bei Schnee, Regen und Matsch, morgens wie abends fragte ich mich auf diesen Streifzügen tausende Male: Warum lebe ich noch? Tag für Tag habe ich mich das gefragt, voller Wissbegier und Hoffnungslosigkeit, bis zu jenem Tag nach genau dreizehn Jahren, als ich einen Account in den Sozialen Medien eröffnete und ihre Freundschaftsanfrage sah. Auf dem Foto erkannte ich sie zunächst nicht, sie hatte einen anderen Nachnamen, sah auch etwas anders aus. Erst ei-

nige Tage später war ich sicher, dass sie es war,
weil ich inzwischen ihre anderen Fotos genauer
betrachtet hatte und sie auf jede meiner Nachrichten mit einem Herzen reagierte. Seit einer
Ewigkeit hatte ich mich von Herzensdingen
ferngehalten, so sehr, dass ich sie fast vergessen
hatte. Ich war erstaunt, sehr erstaunt, freute
mich aber auch und schrieb ihr sofort zurück:

"Bist du es wirklich?"

"Ja," schrieb sie mit einem lachenden Emoji, und
in uns beiden schien mir dieses Wörtchen Fest-
tagsfreude ausgelöst zu haben.

Das alles hatte sich vor einem Jahr ereignet. Wir
begannen, uns im Abstand von einigen Tagen
kurze Nachrichten zu schreiben. Mit der Zeit
wurden diese länger und in den Tiefen unserer
Gedächtnisse erwachte etwas zum Leben. Wir
schrieben und schrieben. Sie erzählte davon, was
sie inzwischen alles erlangt hatte, ich davon,
was mir alles abhanden gekommen war, stundenlang, ohne zu ermüden. Mein Geist begann

aus seinem Tiefschlaf zu erwachen, mit einem riesigen Wissensdurst. Von ihrem Leben erzählte sie, von ihren Freunden, ihren Ehen und Scheidungen, von ihrem Glück, ihrem Unglück und dem, was sie so machte. Von der Stadt, in der sie lebte, ihrer Familie, ihren Beschäftigungen erzählte sie ausführlich und eindringlich. Dann begann sie ihre Fühler auszustrecken, doch behutsam und diskret, unter Wahrung ihrer noblen Haltung. Sie schickte mir Fotos, machte Videoanrufe, ließ mich ihr Gesicht, ihre Haare, ihre Lippen, ihre schönen Augen sehen. Als sie mir ihre Liebe gestand, dass sie mich schon immer geliebt habe, liebte ich sie bereits sehr, doch feige zunächst, es mir selbst einzugestehen...

VII

Unsere beiden halbvollen Weingläser hatte sie an jenem Abend fotografiert und auf ihre Seite gestellt. Zwei halb ausgetrunkene Weingläser auf einem Holztisch in einem halbdunklen Zimmer. Ich betrachte das Foto lange, habe die Musik im Ohr, die sie damals dazu auf dem Handy ausgesucht hatte. Vor zwei Wochen, hier, in einem Hotelzimmer etwas außerhalb der Stadt, zu zweit. Vor zwei Wochen erst, nicht vor Monaten oder Jahren. Wie ich sie am Flughafen abholte, wie sie auf mich zu lief, als sie mich sah und ihren Kopf an meine Brust schmiegte, ihre Haare, ihr Duft, ihre Wärme... In diesem Monat, vor vierzehn Tagen erst. Die U-Bahn, dann der Bus, Menschen, Lärm und Kälte. So fremd ist mir das alles, aber so nah ist sie bei mir... Die für uns unaufhaltsame Zeit hat für den Augenblick auf dem Foto keine Geltung, das Foto

kümmert sich keinen Deut um ständig wechselnde Gefühle. Wer ist dann mächtiger, die Zeit,
der Mensch oder die Dinge? Wer vermag es,
glückliche, schöne Momente zu bewahren?

"Und heute bist du es also, der keine Lust hat
zu reden", sagt sie.
"Nein, meine Schweigsamkeit hat keinen
Grund."
"Wir haben viele Samstagmorgen gemeinsam
verbracht," sagt sie. "Sehr viele Gesprächsmomente voller Sehnen und Erwarten."

"Der schönste aber war dieser Samstagabend,"
entgegne ich. Unter dem lauen Regen, der über
unsere Wangen hinunterrann, als wir einander
am Telefon 'Ich liebe dich, ich liebe dich, ich liebe dich' zuflüsterten. Was ist das Wahre, die
Zeit, der Mensch, die unverändert klingende
Musik oder festgehaltene Momente?

Mir ist ständig kalt, mehr als anderen. Das hat
mit der Lunge zu tun. Alle, die eine schwache
Lunge haben, frieren. Auch jetzt, während ich

die Ereignisse vor einigen Monaten schreibe, friere ich. Für unser erstes Treffen hatten wir ausgemacht, dass sie am frühen Morgen zu mir an den Arbeitsplatz kommt, bevor meine Kollegen auftauchen. Sie hatte keinen anderen Treffpunkt vorgeschlagen, weil sie es mir ersparen wollte, mich aus meiner mühsam aufgebauten Komfortzone begeben zu müssen. Eine Stunde würden wir zusammen sein können, dann müsste sie wieder weg, aber es kam anders. "Und wenn ich abends wiederkäme?" schlug sie vor. "Wenn wir zusammen durch die Straßen laufen? Wohin und wie lange, bestimmst du. Wie wär's?"

"Warum möchtest du das?"
"Ich möchte dich einmal auf den Wegen begleiten, die du all die Jahre allein gegangen bist. Wenn du nichts dagegen hast." "Aber meine Wege führen nicht durch Prachtstraßen. Es sind bloß dunkle Gassen mit hässlichen, baufälligen Häusern, mürrischen Menschen. Gesprächig bin ich auch nicht. Du würdest dich langweilen."

"Macht nichts. Ich möchte nur mit dir, neben dir laufen. Und mich bei dir unterhaken, wenn du nichts dagegen hast. Es ist in Ordnung, wenn du nicht redest."

Geigenklänge höre ich in ihren Worten, ihren bescheidenen Wünschen und warmen Gefühlen. Eine helle, mitleidvolle Stimme, ungewiss, wem von uns ihr Mitleid gilt. Klänge, ganz gleich von wem erzeugt, die bei den Hörern durch Jahrhunderte dasselbe Gefühl auslösen werden, auch wenn sich Gefühl und Liebe bei Menschen ständig verändern.

Wenn Klavier oder Geige erklingen, müsste man entweder dafür sorgen, dass es mehr einzufrierende Augenblicke gibt oder aber niemanden zu sehr in sein Leben lassen. Mit oder ohne Musik, mit oder ohne Zeit, ich finde, das Leben sollte man leben, indem man eine Wahl trifft. Und wenn man nach so vielen einsam verbrachten Jahren auf jemanden trifft, der einen sachte berühren möchte, ohne einen zu erschrecken, der neben einem laufen möchte, auch wenn es

schweigend ist, dann will die Wahl wohl über-
legt sein. Wie sagte Balzac:

*"Eigentlich ist der schönste Augenblick im Le-
ben, wenn du, dich längst von allem losgesagt,
weißt, dass da jemand ist, der dich an das Leben
bindet."*

"Gut," sagte ich. "Wenn du magst, auch mehr
als das."
"Wie jetzt?"

"Machen wir es so, wie du es magst. Treffen wir
uns da, wo du es möchtest."

"Danke. Ich hoffe, ich bin es wert…"

Warum solltest du es nicht wert sein? Ich sehe
dich nicht, wie dich andere Menschen sehen. Ich
sehe dich auch nicht wie Picassos Portraits.
Auch nicht so, wie uns Vögel oder Katzen oder
Fohlen sehen mögen. Ich sehe dich ja nicht mit
meinen Augen, nicht als einen Leib. Auch nicht
in einem bestimmten Alter, einer Farbe, einem

Geschlecht. Ich sehe, höre, fühle dich anders.
Ob du mich verstehen würdest, wenn ich dir dies
schriebe? Wenn ich dir sagte, dass es mir
scheint, dass, über uns beide hinaus, etwas existiert, das möchte, dass wir zusammenkommen,
etwas das uns liebt und behütet, jenseits von
Zeit und Ort, etwas, das uns beide lange kennt...
Etwas oder jemand.

VIII

Mein erbärmliches Leben... Meine Krankheiten,
Verluste, schweren Traumata und du. Du, die
schöne Frau, die ich liebe. Dein großartiges Leben, das du dir mühevoll aufgebaut hast, deine
Erfolge, deine Freunde. Der Sonnenuntergang,
der Klang der Geige, die Flügel der Möwen. Und
ich, erbarmungswürdig, bemitleidenswert...

"*Liebster, heute Abend bin ich unterwegs. Ich
schreibe dir, wenn ich wieder zu Hause bin.
Und du? Was hast du vor?*"
"Deine Fotos, Wein und Musik."
"*Du bist süß.*"

Und wie süß ich bin... Wenn du mich sehen
könntest in den Nächten, wie ich in der Diele
auf und ab trotte bis zum Morgenruf des Muez-

zins... Lange, finstere, frostige und stille Nächte.
Nächte ohne dich...

"Trink was Heißes. Und rauch bloß nicht."

Zigarettenrauch, der Geruch von billigem Wein
und Fäulnis. Ich, erbarmungswürdig, bemitleidenswert...

"Zieh dir bitte etwas Warmes an, es soll heute
kalt werden bei dir."

Fenster, dunkle Zimmer und deine Augen, deine
strahlenden Augen...

"Natürlich sorge ich mich um dich..."

Deine Sonnenbrille auf dem Bild, dein Strohhut.

"Das ist nicht rosa, das ist rot. Das macht das
Licht."

Ich, blind für Farben, blind fürs Glück, blind
fürs Licht···

Trockenes Husten, Rasseln, der Schmerz in meiner Brust und deine feuchten Haare, die über meinen Mund, meine Lippen, mein Gesicht streifen. Der Geruch nach Blut und Medizin und meine armen Lungen...

"Trink Kamillentee, Liebster, damit du gut schläfst..."

Lange, finstere, frostige und schlaflose Nächte. Nächte ohne dich.

"Es ist herrlich, bei dir zu sein. Auf viele viele gemeinsame Jahre, Liebster..."

Viele, viele Jahre... Jahre, die tausend-einhundert Kilometer entfernt vergehen... Dein schönes Leben, das du dir mühevoll aufgebaut hast, deine Erfolge, deine Freunde, deine Liebsten.

"Du bist ein wunderbarer Mensch. Nur das Timing. Es ist das Timing..."

Was ist Zeit, was ist Liebe, und diese Melodien?

"Mach dir keine Sorgen, Liebster. Was uns verbindet, ist so beständig, so endlos, dass wir immer wieder zueinander finden. Wenn die Zeit kommt, kehren wir ganz gewiss zurück."

Was ist Zeit, was ist Blut und was ist dieser Augenblick, eingefroren auf diesem Foto?

IX

Samstag Abend, auf meinem gewohnten Heim-
weg, sehe ich an drei unterschiedlichen Stellen
drei tote Kätzchen, unter Bäumen, die Köpfchen
in noch warmer Blutlache. Drei an einem Tag,
das kam lange nicht mehr vor, denke ich, da ereignet sich etwas anderes. In fünfzig Meter Entfernung fährt ein Wagen gezielt auf ein am
Bordstein entlang streunendes Katzenjunges zu,
überfährt es mit dem linken Vorderrad und
fährt weiter. Mit blutüberströmtem Köpfchen
bäumt das arme Tier sich schreiend auf und
zuckt heftig auf und nieder, immer wieder. Ein
Mann, der das sieht, läuft zu ihm und beginnt,
mit einem Stock auf das Tier einzuschlagen,
wohl um es von seinem Leid zu erlösen. Zwei
junge Frauen mit Pelzmützen sehen, ahnungslos
vom Vorgeschehen, einen Mann mit einem
Stock auf ein blutüberströmtes Kätzchen ein-

schlagen, laufen wütend hin und versuchen ihn an seinem Tun zu hindern.

Momentaufnahmen.

Während ich an den Herumstreitenden vorbeigehe, denke ich wieder an sie. Dann ist da dieser im Foto festgehaltene Moment, ihr Antlitz, die Kätzchen unter den Bäumen, das Köpfchen der anderen Katze unter dem Autoreifen. Meine Nerven sind überreizt, ich verliere die Besinnung. Mir wird schwarz vor Augen und ich finde mich mitten in einer anderen Szene wieder. *Wir laufen durch eine Straße in der Nähe meiner Wohnung, sie und ich, eng aneinander geschmiegt unter einem Schirm, den wir nur mit Mühe festhalten können im Wind. Wir tragen Kleidung, die wir früher hatten, vor fünfzehn Jahren vielleicht. Ihre Haare sind kürzer als jetzt und heller, beide sind wir jünger als heute. Ich sehe, dass sie eine Zigarette zwischen den Fingern hält und staune. Dann höre ich ihre Stimme, wie sie lachend erzählt, dass vorgestern Abend bei ihr Funken aus einer Steckdose ka-*

*men und das ganze Haus hätte abbrennen kön-
nen, wenn sie es nicht bemerkt hätte. Ich sage,
dass die Häuser in ihrem Viertel alt seien und so
etwas häufig vorkomme und dass sie vorsichtig
sein solle.* "Ja, Liebster," *sagt sie.* "Mach dir keine Sorgen."

Als ich die Augen öffne, sehe ich mich auf
dem Bürgersteig hocken. Ein Pulk von Menschen um mich. "Möchtest du etwas Wasser?"
höre ich einen von ihnen fragen. Und ein anderer beugt sich zu mir und fragt: "Geht es dir
gut?" "Ja," sage ich und stehe auf.

Zu Hause angekommen ist sie sehr erstaunt, als
ich ihr den Vorfall erzähle. Und dass, als sie
dreizehn war und allein zu Hause schlief, ein
Funken aus der Steckdose ein Feuer ausgelöst
habe und sie von Nachbarn, die den Rauch be-
merkten, aus der Wohnung geholt und gerettet
wurde.

"Es war die Hölle," sagt sie. "Vor den Flammen
und dem Rauch sah man die Hand vor Augen

nicht. Monatelang habe ich mich nicht von dem Schrecken erholt." Ich beschwöre sie, vorsichtiger mit dem Strom zu sein. "Ja, Liebster," entgegnet sie. "Mach dir keine Sorgen."

Szenen, die eine früher und die andere später. Versatzstücke. Aus unserer Warte natürlich. Vielleicht auch die spätere und die frühere.

"Sei vorsichtig."
"Schon gut, Liebster. Sorge dich nicht mehr."

Worte sind wichtig. Sie erschaffen eine Verbindung in der Zeit oder auch nicht. Das ist unbestreitbar.

Himmel und Hölle sind in den Köpfen.

X

Sie hat mir geschrieben. Nicht im Netz, einen richtigen Brief, auf Papier, in einem Umschlag, mit der Hand. Sie weiß, dass ich es nicht mag, etwas aufzuheben, Notizen zu machen, dass ich immer alles sofort lösche. Vielleicht weil sie weiß, dass ich diesen Brief kaum vernichten kann. Oder aus einem anderen Grund. Sie hat etwas aus den 1920ern an sich, finde ich. Keine Ahnung, wie ich auf diese Jahreszahl komme. Handgeschriebene Briefe, Terminkalender, dicke Romane, Langspielplatten und so. Gedanken und Gefühle, denen sie mit ihrer Stimme oder auf der Tastatur keinen Ausdruck verleihen kann, hat sie also, als sie für sich war, auf Papier niedergeschrieben. In meiner Abwesenheit. So gut sie es vermochte, aber doch unvollständig, fand ich. Ich sagte es ihr.

"Dann sollte ich dir häufiger schreiben."
"Es würde mich freuen. Schreibe, wenn dir danach ist."

Wir haben ein eigenes Repertoire an Sprüchen und Zitaten. Wie diesen Satz, den ich ihr hunderte Male schon gesagt habe, auch bei unserem letzten Treffen, während sie in meinen Armen lag und ich ihr durchs Haar strich:

"Neben mir nur du und das Universum..."[4]

Und sie hatte ihren Brief mit einem Zitat aus einem der Bücher beendet, die sie las:

"Du bist mein einziger fester Punkt im Universum..."

Ich meine, was ich hier schreibe, ist das, was uns hier auf diesem Stückchen Erde, zu dem wir uns zugehörig fühlen, unter diesen Sternen widerfuhr, bevor wir in jenes Leben eintraten, das wir

---

4 Can Yücel

uns erträumt hatten. Szenen, die nicht in das andere Buch gehören, die sich davor noch ereigneten. Es hätte sehr wohl auch bleiben können, wie es damals war, aber es kann auch so sein, wie es jetzt ist. Darüber entscheiden nicht wir, die Reisenden, sondern die Reise selbst. Zweifellos.

Als sie nach unserem ersten Treffen wieder zu Hause war, hatte sie mich gefragt, wie es mit uns weitergeht, ob wir zusammen bleiben.

"Warum fragst du das?"
"Ich fürchtete, nach der letzten Nacht würdest du mich verlassen und in dein altes Leben zurückkehren."
"Und wie ging es dir dabei?"
"Ich hatte Angst, es ohne dich nicht mit meinen Gefühlen aufnehmen zu können..."

XI

Der letzte Abend des Jahres. Ich bin allein zu Hause, wie jedes Silvester. Weder gegen ein endendes noch ein beginnendes Jahr hege ich persönliche Feindschaft, auch keine Sympathie. Ich weiß im Grunde gar nicht, was diese Feierei soll. Irgendwer schleudert Feuerwerk in die Luft, Kinder mit starkem Akzent ballern freudig mit Böllern herum, und all so was den ganzen Abend. Sie werden wissen, wozu es gut sein soll, außer Vögel und einsame Männer wie mich zu erschrecken. Ich streife durch die beiden Zimmer, bleibe dann vor dem Bücherregal stehen und ziehe einen Roman heraus, auf dem 'Hauptwerk' steht und betrachte den verzierten Einband. 'Hauptwerk'. Ich setze mich in den Sessel und lese ein paar Seiten mit dem Wunsch nach Genuss, dann blättere ich an den Anfang zurück und lese genauer und komme zu dem

Schluss, das Gelesene nicht verstanden zu haben. Mein Urteil ist unumstößlich.

Ich erinnere mich, dass sie sagte: "In meinen Beziehungen bin ich einsam". "Geht es dir mit mir
auch so?" frage ich. "Anfangs ja," sagt sie, "jetzt
nicht mehr." Ich sage, dass mich das freut. In
der Außenwelt in einer Traube von Menschen
sein, in Liebesbeziehungen jedoch allein. Ich
zwinge mein Hirn, das zu begreifen. Voreilige
oder falsche Wahl, in einem Maß, den man von
ihr nicht erwartet. Wirklich verstehen kann ich
es nicht. Es kommt mir nicht sehr logisch vor.
Mein aus einem langen, tiefen Schlaf erwachter
Geist arbeitet wie eine Fabrik, hängt Wortfetzen
nach, produziert Gedanken, ohne ein einziges
Detail zu überspringen, verarbeitet, konsumiert,
begehrt. Ein Zitat von Henry Miller: *'Um die
Gewissheit zu haben, einen Menschen vollkom-
men zu besitzen, müsste man ihn hinunterschlu-
cken.'* So oder so ähnlich, auch wenn das nicht
der Wortlaut ist. Meine Brille rutscht auf der
Nase hin und her, weil die Schrauben locker
sind. Das Leder meiner Halbstiefel, die ich seit

einigen Jahren trage, ist an einigen Stellen aufgerissen, so dass Wasser eindringt. Meine Lungen schlagen ständig Alarm und beim Gehen ziehe ich mein rechtes Bein nach, ein verstopftes Blutgefäß wohl. Ich bin nicht in der Lage, irgend jemanden hinunterzuschlucken, außer mich selbst. Sie ganz und gar zu besitzen, das hätte ich in meinen guten Tagen vielleicht vermocht, aber jetzt ist es unmöglich. Manchmal frage ich mich, ob das für mich ein Anfang ist oder das Ende. Eine Mitte gibt es nicht.

"Ich gehöre dir," sagt sie. "Und werde immer dir gehören..."

Jemandem gehören, was bedeutet das? Vierundzwanzig

Stunden mit ihm zu verbringen? Ich bin kein Experte für diese Themen, ich kann nicht behaupten, bindungsfähig zu sein. Es gibt niemanden in meinem Leben, nach dem ich mich sehne, den ich vermisse. Hat es niemals gegeben. Jedenfalls bis heute.

Ein Geburtstagsscherz zum Fünfzigsten?

"Wenn die Umstände günstig wären," frage ich, "würdest du dann mit mir leben wollen?"

"Natürlich würde ich es wollen," erwidert sie. "Und wie."

Es wäre wirklich nicht übel, wenn es, wie wir glauben, etwas gäbe, dem, über uns hinaus, daran gelegen ist, dass wir zueinander finden, etwas, das uns seit langem kennt und beschützt. Oder jemand. Das wäre wirklich gut. Denn ich kann wahrlich nicht sagen, dass ich Scherze mag. Genauso wenig, dass ich, wer immer sie sein mögen, ihnen einen Tritt in den Hintern verpassen würde...

XII

Gerade las ich ihre wunderbare kurze Notiz zu meinem Geburtstag ein letztes Mal, um sie dann zu zerreißen und wegzuwerfen. Anschließend habe ich ihren beeindruckenden Brief, den sie danach schrieb, ebenfalls ein letztes Mal gelesen und in kleine Fetzen zerrissen und dazu geworfen. Viel zu lange hatte ich beides aufgehoben; die eine 22 Tage, den anderen zehn. In meinem alten Telefonbüchlein in der Schublade. Von dir habe ich nur noch diesen Notizblock mit meinen Initialen, den du mir mal schicktest. Da die kleinen Zettel darin unbeschrieben sind, spricht nichts dagegen, ihn zu behalten. Es stört mich nicht. Auf einen davon hatte ich neulich die Fünferwette notiert, das waren die Gewinnzahlen. Aber das ist ein anderes Thema. Und da ist natürlich noch die Seite mit deinen Telefonnummern, die eine von vor dreizehn Jahren, die an-

dere die aktuelle. Nummern und leere Zettel
können bleiben, aber Geschriebenes und Fotos
beunruhigen mich, solange sie aufgehoben werden. Denn sie bewahren Gefühle, die zu dem
Augenblick ihres Entstehens gehören und nicht
von Dauer sind.

Wer aber nach Unendlichkeit strebt, hortet keine Augenblicke. "Es ist schön, in der Zeit der
seelischen Einkehr bei dir zu sein. Auf viele, viele gemeinsame Jahre, Liebster..."

Auch früher erhielt ich häufig derlei Nachrichten oder Briefe. Mehr oder weniger gefühlvolle,
mal deutliche, mal zaghafte Liebesbekundun-
gen, Gefühle für den Augenblick, schwindelerregende Zeilen. Einige der Schreiberinnen sind
längst verstorben, manche ist ihren Weg mit einem Anderen gegangen, andere suchen voller
Hoffnung weiter. Beweise mir einer, dass Gefühle auf Fotos und in Briefen unverändert bleiben,
dann höre ich womöglich auf, sie zu vernichten.

Ein einziger Raum. Ofen, Bett, dunkelrote, gemusterte Tapeten, einige gewöhnliche Sessel in
unterschiedlichen Farben, ein verzierter Beistelltisch, eine Kuckucksuhr und ein alter Ankleidespiegel sowie ein brauchbarer Plattenspieler wären mir von Nutzen. Ich würde nicht viel mehr
brauchen als ein Gläschen bei Tagesanbruch,
morgendlichen Schlaf, etwas Lektüre und reich-
lich Gedanken und ein Gläschen am Abend. Du
wärest beispielsweise nicht da, auch keine andere, nichts anderes wäre da.

"Ich kann es nicht riskieren, dich zu verlieren."

Deine Worte lassen mich innehalten, halten
mich davon ab zu gehen. Denn das ist kein 'Ich
liebe dich', kein 'Du fehlst mir' Auch kein 'Ich
will dich'. Das sind banale Dinge und mir fällt
naturgemäß Banales schwer. Doch wenn mir etwas Bedeutendes unterkommt, lasse ich nicht so
leicht locker.

"Warum kannst du es nicht riskieren, mich zu verlassen?"

"Weil ich auf eine andere Art mit dir verbunden bin, auf eine andere Art dir gehöre."

Ich bin erschöpft von ihrem menschenvollen Leben, ihrem Job, ihren Reisen, ihrer unerschöpflichen Energie und all den Beschäftigungen, denen sie nachgeht. Andererseits habe ich natürlich nicht das Recht, mich über all das zu beschweren.

"Na, vielen Dank auch! Fair ist das nicht. Die anderen können dich doch nicht ersetzen."

Ich bin der einsamste Mann auf Erden und du bist die menschenvollste Frau, die mir jemals begegnet ist. Und ändern können wir einander mitnichten.

"Diese Geschichte wird so lange dauern, bis wir zu den Sternen schreiten, scheint mir. Oder auch nicht."

"Mir auch..."

XIII

Ein Morgen im Januar. Im Schnee lasse ich mich frierend von einem Menschenstrom aus Geflüchteten zur Arbeit treiben. Hunderte Syrer, Afghanen, Iraker, Afrikaner, Turkmenen, Kasachen, Usbeken und andere, vor Krieg, Terror und Unterdrückung geflüchtete und vorläufig hier gestrandete Menschen, unrasiert, zerschlissene Kleidung, abgetragene Schuhe. So viele jämmerliche Gestalten. Von einer neuen Bodenoffensive ist die Rede. Das hieße leider, noch mehr Geflüchtete, noch mehr Arbeitslosigkeit, noch weniger Einkommen für viele viele Jahre. An leerstehenden, mit Holz verrammelten Ladenlokalen vorbei laufen die Menschen im Schnee, viel zu dünn angezogen, die frierenden Hände in die Taschen gesteckt, Menschen jeden Alters, jeder Nation strömen, in kleinen Gruppen plaudernd, um in Schusterwerkstätten und

Textilfabriken den ganzen Tag für einen Hun-
gerlohn zu schuften. Seit Neuestem habe ich keinen Appetit mehr, das Atmen fällt mir schwer,
mein Lebenswille schwindet. Im letzten Monat
habe ich neun Kilo verloren. Wir schreiben uns
nicht mehr so oft wie früher, sie hat viel zu tun,
und täglich wird es mehr. Nicht mal ein Wunder
könnte uns zusammenbringen, es müssten gleich
mehrere her. Ich konnte mich jedes Mal wieder
aufrichten nach dem Fall, aber zu mehr reichte
meine Kraft nicht. Ich musste an Victor denken.
Der Sowjetrusse armenischer Herkunft, der das
Hotel, in dem ich vor fünfundzwanzig Jahren
arbeitete, mit russischen Reisegruppen versorgte.
Jedes Mal hatte er ein kleines Ölgemälde als
Mitbringsel dabei. Als Musiker hatte er zur Zeit
des Eisernen Vorhangs fast die ganze Welt be-
reist. Mit seiner Frau. Auch sie mochte ich, eine
kultivierte, elegante Frau. Nach der Öffnung
hatte ihre Reisevergangenheit sie in den Touris-
mus geführt. War irgendwo jemand aus seiner
Reisegruppe versackt, rief ich Victor zu Hilfe. Er
beugte sich zu dem Betrunkenen hinunter, legte
ihm die Hand auf die Schulter und flüsterte ihm

zu: "Du bist ein Mann. Männer stehen von selbst auf, wenn sie gefallen sind." Jahre später erfuhr ich, dass er eines Morgens in Moskau, auf dem Weg zum Bäcker, von einem Fünfzehnjährigen erstochen wurde. In seiner Tasche hatte er nur das Geld fürs Brot. Die Geflüchteten, Victor, das Leben, Brot, ein Januarmorgen im Schnee. Tief bin ich dieses Mal gefallen und vermag nicht aus eigener Kraft auf die Beine zu kommen.

"Hallo. Ich habe gerade die Trilogie, die Sie empfahlen, gekauft. Ich habe sie bei mir."
"Wo bist du?"
"Auf dem Nachhauseweg."
"Schreibst du vom Handy aus?"
"Ja."
"Ist das nicht umständlich?"
"Nein, überhaupt nicht."

Wie lange ist das her, dass wir uns das schrieben, sechs oder sieben Monate vielleicht... Victor, das Leben, Brot, Schnee und Liebe. Wunder brauchen alle, aber hierzulande sind die, warum auch immer, ziemlich rar. Blut, Entbehrung, Elend, Flucht und Tod sind allüberall. Liebe können sich so kleine Leute wie ich kaum leisten.

Freunde, Arbeit, Restaurantbesuche, Geschäftstermine. Tausendeinhundert Kilometer Distanz und erwartete Wunder.

Als ich nachts halbstündlich zum Rauchen aufstehe, sehe ich Mäuse in der Küche herumlaufen, Käfer, Spinnen, Skorpione in allen Zimmerecken. Wie in den Jahren zuvor. "Männer stehen von selbst auf, wenn sie gefallen sind." Von wegen. Es kommt der Tag, an dem sie es nicht mehr können. Siehe Victor. Denn die meisten Ratschläge taugen nichts. Ich tauge ja auch nichts.

XIV

Ich brauche kaum noch Schlaf, eine Stunde oder
eineinhalb pro Nacht reichen mir mittlerweile.
Auch verliere ich weiterhin an Gewicht. Appetit
habe ich gar keinen mehr.

Eine Szene drängt sich meinen Augen immer
wieder auf und erfasst mich mit Haut und Haaren, meist, wenn ich zu viel getrunken habe: "Ich
bin in einem Zimmer, einem Schlafzimmer.
Zwei Männer stehen neben mir. Ich bin noch
sehr jung. Eine Frau mit einem bestickten Kopf-
tuch geht hastig ein und aus, mit einem Ta-
schentuch, einem Glas Wasser oder Medikamen-
ten in der Hand. Ich stehe mit vor dem Bauch
verschränkten Armen und betrachte das im Bett
liegende kleine Mädchen, frage mich, ob sie
schläft oder krank ist. "Sie wäre fast erstickt in
dem Rauch," sagt leise einer der Männer zu dem

anderen. Ich betrachte das Mädchen genauer,
ihre Wimpern, ihre lockigen Haare, ihre Lippen.
Plötzlich wird mir bewusst, wie sehr ich sie vermisst habe. Unser Altersunterschied ist hier kleiner als er in Wahrheit sein müsste. Sie scheint
nur wenige Jahre jünger als ich, doch Gesicht,
Haare und ihre Art zu liegen sind wie heute,
auch ihr tiefer Schlaf. Was ich sehe, gibt mir keinen Aufschluss darüber, in welchem Jahr, in
welcher Stadt wir sind. An dieses Haus, diese
Menschen, die Möbel erinnere mich überhaupt
nicht. Ich kann meinen Blick nicht von ihr abwenden. Einmal regt sie sich kurz, etwas mur-
melnd und genau da nehme ich ihren Duft
wahr... Der Babyduft ihres Nackens steigt meine
Lippen hoch, so dass mir schwindelt. Da verstehe ich auch, was sie murmelt, es ist mein
Name...

Ich reiße mich sofort zusammen und stehe auf,
um zu ihr zu gehen. Mir schwindelt, ich kann
mich nur mit Mühe auf den Beinen halten. Ich
trinke das Glas in meiner Hand leer, zünde mir
eine weitere Zigarette an und gehe ganz dicht

an den Bildschirm heran und kann mit meinem
trüben Augen nur die letzte Zeile der angekom-
menen Nachrichten lesen. "In diesem Leben haben wir es nicht geschafft. Also in einem anderen..."

Alles Nötige ist längst gesagt. Alles weitere wäre
müßig. Worte und Symbole sind voller Assoziationen, man darf nicht nachlässig damit sein.

Ich fahre den Rechner herunter, öffne eine neue
Flasche und bleibe an etwas hängen, was sie
heute sagte.

"Ich trage gerade das grüne T-Shirt, das du
nach dem Baden angezogen hattest."

Mit einem Mal finde ich mich in dem Zimmer
von vorhin wieder. Während die Frau ans Bett
tritt, um sie zuzudecken, schläft sie weiter. In ihrem grünen T-Shirt und der Schlafanzughose.
"Morgen geht es ihr besser," sagt die Frau. *"Jetzt
raus mit euch, damit sie sich erholen kann."*

XV

Das letzte unserer Fotos, das eine Geschichte
hat. Ich meine ihr letztes Foto, von mir gibt es
kaum Fotos. Ich mag die Gefangenschaft in der
Zeit nicht. Das letzte Foto, das sie am Ende der
Woche, in der wir einander nach Kräften zuge-
setzt hatten, von sich aufgenommen und mir ge-
schickt hatte. Eine Aufnahme im Waffenstill-
stand. Etwas erschöpft, aber noch nicht
kampfesmüde sieht sie darauf aus. Sie mag das
Foto nicht, ich aber kann nicht die Augen davon
abwenden. Wie sie da sitzt, was sie anhat, ihr
wehmütiger Blick, bei dem ich in ihren Augäp-
feln mich selbst sehen kann und dieses Lächeln.

Vornehm, anmutig, lebensklug, schön und ent-
schlossen. Eine Frau aus einer anderen Epoche,
die Königin eines anderen Reiches.

"Merih, sag, wie um alles in der Welt soll das mit uns weitergehen, wenn wir uns nicht sehen?"

"Ich weiß es nicht. Ich bin wie du auch bloß Teilnehmer dieser Reise, nicht Veranstalter. Glaubt man dem Verlauf und den Zeichen, handelt es sich um eine Reise, die sehr lange dauern und schwerlich enden wird."

"Das liegt an der Entfernung zwischen uns. Diese unnötigen Diskussionen. Aus Sehnsucht und Trennungsschmerz. Wir sind dankbar, wenn wir uns einmal im Monat sehen können. Wer weiß, wann es das nächste Mal sein wird..."

"Unter all den Menschen ist mein Herz nur dir zugetan, begehrt mein Leib nur den deinen."

"Ich muss dich sehen. Dir in die Augen schauen. Meine Hände müssen über deine Wangen, Lippen, deinen Hals streifen."

"Ich muss dich sehen. Dir in die Augen schauen. Meine Hände müssen über deine Wangen, Lippen, deinen Hals streifen."

Wintersonne. Die Petersilie, die ich zur Orakel-
befragung in einem Blumentopf aussäte, verrät
mir, dass ich mir um den Kumpel keine Sorgen
machen muss. Der Thymian im Topf daneben
deutet darauf hin, dass dieser Bekannte auf dem
Weg der Genesung ist. Im dritten sehe ich den
Tod, den baldigen...

"Von nun an werde ich mehr Verständnis zei-
gen für dein großartiges Leben, das du dir
aufgebaut hast und deine Arbeit, die dir sehr
wichtig ist."
"Und ich werde mehr Rücksicht nehmen auf
die von dir gewählte Zurückgezogenheit und
den Platz, den ich in deinem Geist einnehme."

Die Planeten oder die Zeit können meinen Gefühlen nichts anhaben. Mein wiedererwachter
Geist kämpft an sehr vielen Fronten, allerdings
sind da Entfernungen, die angeschlagene Gesundheit und noch vieles mehr. Ich träume von
ihr, in den wenigen Stunden, die ich schlafen
kann. Im Traum sehe ich, was wir erlebten und
gewisse Hinweise auf das Davor.

"Wirst du dir auch heute Nacht vorstellen, du lägest in meinen Armen?"
"Immer."

Wintersonne, Pflanzen in Töpfen, Vorzeichen und wir. Dein immer gleiches Gesicht im Bett, dreizehnjährig, achtzehnjährig und dein hundertjähriges Foto. Ein Stück, ein Befund und eine Erinnerung aus jedem deiner Leben. Dein tiefer Schlaf, dein warmer Atem, deine Stimme:

"Weil ich auf eine andere Art mit dir verbunden bin, auf eine andere Art dir gehöre."

XVI

"Wir sind zu unterschiedlich. Was für mich banal ist, kann für dich einen tödlichen Ernst haben. Solange wir dies in einem gesunden Gleichgewicht halten können, haben wir eine durchaus befriedigende Beziehung."

"Ich gebe mir Mühe. Es ist ungewohnt für mich."

"Mir geht's genauso. Ich tue, was ich kann. Ja, mehr noch. Aber um uns häufiger sehen zu können, müssen wir eine Lösung finden. Wenn ich nicht kommen kann, musst du dich mit dem Gedanken vertraut machen, dich auf den Weg zu mir zu machen."

"Was hältst du von Februar?"

"Wirklich? Es ist eine lange Fahrt. Traust du es dir zu?" Ich traue es mir zu. Du fehlst mir un-

endlich... Wenn du dich von deinem Alltag, von
deinen Verpflichtungen loslösen und nur mit
mir zusammen sein kannst, gehst du tief in unserer Liebe auf. Wenn du bei mir bist, ist der Blick
deiner Augen ein anderer. Sie sagen mir so vieles, was ich Tag für Tag aus deinem Mund hören möchte.

"Ich könnte mit dem Nachtbus fahren und
wäre am frühen Morgen da."
"Ich hole dich vom Busbahnhof ab."
"Das ist doch viel zu früh. Warte besser im
Hotel." "Ich komme dich auf jeden Fall abholen. Der Busbahnhof ist in der Nähe. Wir
können gemeinsam zum Hotel laufen..." "In
aller Frühe, in einer fernen Stadt, nebenein-
ander her laufen..."
"Ja, das hatte ich mir immer erträumt."
"Warum sind Dinge, die vor Jahren, als sie
noch möglich waren, unbedeutend schienen,
jetzt auf einmal so bedeutend?" "Man bemerkt sie erst, wenn sie fehlen."

Jahre ohne dich, deine Nähe, deren Platz niemand füllen kann. Die sowohl ferne als auch frische Wärme deiner Achtzehnjährig in meinem Gedächtnis. Deine Sätze, dein Lachen, deine Blicke, eingebrannt in mein Gedächtnis. Deine Grübchen, deine Röcke, deine unerschöpfliche Energie und deine Träume. Unsere fehlenden Teile, die wir bei Anderen nicht fanden.

"Neben mir nur du und das Universum..."
"Du bist mein einziger fester Punkt im Universum..."

XVII

Jemand hat die Haustür demoliert. Man braucht
keinen Schlüssel mehr. Sie steht ständig offen.
Kippen auf den Treppenstufen, zerknüllte Quit-
tungen, buntes Kaugummipapier. Na klar, Mü-
zeyyen Hanım und die anderen alten Damen,
Aznif, Azat und Müjgân, sind nicht mehr. Längst
weiß ich nicht mehr, wer in welcher Wohnung
wohnt. Rennen, Wetten, Tratsch oder sonst etwas, an nichts habe ich Interesse oder Freude.
Ich bin müde von meinen Streifzügen, vom
Kommen und Gehen, der Rasur... Durch die Ge-
gend streifen, kommen, gehen, sich rasieren, sich
ankleiden, auskleiden. Nichts interessiert mich.
All das bin ich leid.

"Du wirkst niedergeschlagen."
"Bin ich auch."
"Und weshalb?"

"Nichts macht mir mehr Freude. Ich kann nur noch an dich denken. Wenn ich früher einiges in meiner Nähe geduldet hätte..."

"Das ist neu, dass du dich über deine Lebensweise beschwerst."

"In den Jahren, die mir bleiben, möchte ich noch mehr Zeit mit dir verbringen. Bevor die Krankheiten kommen, das Alter und der Tod..."

"Das wäre wirklich schön..."

"Du würdest es also auch wollen."

"Selbstverständlich."

Da ist dieser Ort, wo ich gelegentlich vorbeischaue. Ein kleiner Platz, umrahmt von einer Baumgruppe, gegenüber der vielbefahrenen Uferstraße gelegen, an der historischen Stadtmauer, etwas außerhalb des geschützten Waldweges, der zu den Fischrestaurants führt. Ein melancholischer Genuss- oder Sehnsuchtsort, der seit Jahren ein Stammpublikum hat, ein Geheimtipp, der von Generation zu Generation weitergegeben wird. Treffpunkt der Arbeitslosen und Penner der Stadt, zu denen sich auch jene gesellen, die sich nach Feierabend einen genehmigen wollen, bevor sie nach Hause gehen. Mit der Flasche in der Hand, an die Mauer gelehnt oder unter einem Baum hockend die vorbeirauschenden Autos oder die im Hafen liegenden Schiffe auf der anderen Seite beobachten und den Tag ausklingen lassen... Heute Abend war ich dort. Ich verspürte keine Lust, früh nach Hause zu gehen. Ich beobachtete die Pärchen, die ihre Autos parkten und den Trampelpfad entlang zu den Fischrestaurants liefen. Ich beobachtete die vorbeirauschenden Autos und die im Hafen liegenden Schiffe. Die alten Bäume, die meinem Vater und Großvater zugesehen haben mochten und die mageren Kätzchen, die zwischen ihnen herumstreiften. Ich lauschte dem Lied aus dem Transistorradio des Mannes, der ein paar Schritte entfernt auf der Wiese saß und Wein trank.

Die ersten Lenztage sind da, Rosen und Gärten erblüht

*Zeit fürs Freudenfest, glückselig das Tulpen-
feld*[5]

Ich hätte nicht gedacht, dass ich in meinem Alter eine Wandlung erleben würde, die mir nach
all den regungslos verbrachten Jahren wieder
Antrieb sein und mich in das Reich der Gedanken und Träume mitreißen würde. Dass ich Gedanken verschwenden würde wie: 'Ob sie zuge-
deckt ist, ob sie ihre Haare getrocknet hat, ob sie
ausschlafen konnte?' Dass ich ganz wehmütig
würde und sie vermissen, wenn ich mich an ihrer
Stimme nicht satt hören konnte, wenn sie sich
einen Tag nicht meldet, dass ich verzweifelt denken würde: 'Wer weiß, wann wir uns noch einmal sehen?'

"Ich bin die deine, für immer die deine."

Auch wenn ich seitenlang schriebe, bin ich weit
davon entfernt, etwas auf den Punkt zu bringen,
wie sie es manchmal mit einer einzigen Zeile

----

5 Nedim

auszudrücken vermag. Auf eine besondere, auf ihre eigene Art. "Ich bin ein Glückspilz," sage ich.

"Weil du mich liebst."

"Ich bin ein Glückspilz, weil ich dein Seelenfrieden und deine Befriedigung bin," füge ich hinzu.

"Nur Seelenfrieden und Befriedigung?" brüllt sie. "Du bist mein Gebieter."

Als wir gestern Abend chatteten, war sie zu Hause. Heute früh nun wird sie am Flughafen sein und dann in einer anderen Stadt, ziemlich weit weg von mir. Sie ist ständig unterwegs, so wie es sich für ihr Engagement und ihre Fähigkeiten gehört. Ich hingegen bin immer im selben Alltagstrott. An einer nach Urin stinkenden Stadtmauer lasse ich mich volllaufen. Wir beide sind einander so fern wie mir das Leben an den Tischen der Luxusrestaurants da hinten mit Life-Musik. So fern wie der Frühling im Radio

des Alten und so nah wie die Restaurants hinter
der Stadtmauer.

In den gemeinsam verbrachten Nächten, mit
Abstand zu ihrem Alltag, wenn die Telefone und
Nachrichten verstummen, bekommt sie einen
anderen Blick. Ihre Hände erzählen mir Schönes
in Sprachen, die ich nicht beherrsche. Ihr Kopf
will an meiner Brust bleiben und ihre Arme an
meinem Leib.

"Wir haben wieder kaum geschlafen."
"Richtiger wäre es zu sagen, dass unsere Lippen nicht voneinander lassen konnten."

XVIII

Der König ist tot. Der alte Jüngling des Viertels, der beste Kunde des Wettbüros und der Spirituosenläden, Ernährer sämtlicher Katzen und Hunde fiel einfach tot um. Das war es also, was mir das Orakel des dritten Topfes sagen wollte. Anlässlich seiner Beisetzung waren viele zugegen, so viele wie werktags im Hippodrom. Ich war auch da, wie alle Rennpferde, Straßenkatzen und Spieler, alle waren wir zur Stelle. Dann trugen wir ihn zu Grabe, schütteten Erde auf ihn, mit Schaufeln und bloßen Händen. Wohl, weil wir ihn sehr gern hatten. Den Topf habe ich ihm mit ins Grab gelegt, mitsamt seinem letzten Sechser-Coupon. Auf dem Rückweg haben wir ein paar freundliche Worte über ihn gewechselt, manche erzählten ihre Erinnerungen, seine Schwestern weinten und so. Dann kehrten wir heim in unsere beschissenen Behausungen.

"Bist du traurig?"

"Und wenn?"

"Geraucht hast du aber nicht, oder?"

"Doch, ein paar."

"Oh... Wie konntest du uns das antun?"

Unter der Erde, über der Erde. Auf die Erde zu kommen, wäre nicht meine erste Wahl gewesen, so viel ist klar, aber wenn es soweit ist, bin ich für eine Körperspende. Soviel ich weiß, braucht man dazu lediglich zwei Zeugen und eine Unterschrift. Eine Zeugin wäre Nora, auch wenn sie es nicht befürworten würde, aber den zweiten finde ich einfach nicht. Besser als die Bataillone von hungrigen Käfern zu sehen, die durch meine Körperöffnungen kriechen, derweil meine Seele ihrem neuen Abenteuer entgegenfliegt.

"Warum nennt man dich eigentlich König?"

"Ach, lass mal. Als ob Könige nicht sterben!"

Tage vergehen, Pferde rennen und alle sterben. Der Reihe nach, oder auch nicht.

"Heute ist ein Pferd dabei, '*Fliegender König*'. Setzen wir auf ihn?"

Wetten werden abgeschlossen, Coupons ausgefüllt, Maschinen funktionieren.

"Hör doch auf, Mann. Was willst du überhaupt?"

Wechsel, Versicherungspolicen, Telefonate und Kunden.

Fliegender König gewinnt, aber für den Sechser gibt es an diesem Tag nichts.

Nichts ist, wie es war. Das sehe ich... Warum tut dann ein jedes so, als hätte es sich keineswegs verändert?

XIX

"So kann es nicht weitergehen," sagte ich. "So kann ich nicht weitermachen, wie ein Volltrottel."

"Dann sag mir, was ich tun soll?" fragte sie.

"Soll ich werden wie du?"

"Was meinst du damit? Wie ich?"

"Wie du eben. Mutterseelenallein, in einem trostlosen Leben. Ohne einen einzigen Freund, ohne Beschäftigung, ohne Kontakte. Soll ich an deinem Rockzipfel hängen?"

"Ich habe nichts derartiges gesagt. So einfach, wie du denkst, ist es auch wieder nicht, so zu sein."

"Ist eh nichts für mich."

"Das weiß ich."

"Was möchtest du dann?"

"Etwas mehr Zuwendung, etwas mehr Zeit. Wie es früher war."

"Du weißt, dass das nicht mehr geht. Ich bin beruflich stark eingespannt."

"Das hab ich gemerkt. Auch, dass es immer mehr wird. Solange du diese Energie und diese Fähigkeiten hast."

"Übertreib nicht. Das ist nur eine Phase. Das geht vorbei."

"Ich kann meine Zeit nicht damit vergeuden, dir hinterherzurennen, darauf zu warten, dass du dich meldest, dass du schreibt. Ich bin sehr einsam."

"Du wolltest es so. Du glaubtest, so glücklich zu sein." "So war es, bevor mein Geist erwachte. Jetzt ist es ziemlich schwer, damit fertig zu werden."

"Mehr ist nicht drin. Tut mir leid..."

"Ich soll mich also damit begnügen?"

"Ja, im Augenblick kann ich nichts daran ändern."

"Dann scher dich zum Teufel."

Sie loggte sich aus. Schloss ihr Fenster, ließ mich einfach stehen und war weg. Ich machte zunächst Anstalten, irgend etwas zu schreiben, zur

Besänftigung, zur Rettung der Situation, aber es hätte nichts genützt. Ich ließ es bleiben. Sie wird jetzt denken, dass sie Zeit braucht, so funktioniert ihr Kopf, das weiß ich. Tage, Wochen, in denen sie zwischen Job und Freundeskreis hin und her flitzen wird.

Ich habe genug von meiner Einsamkeit, von meinem lahmenden Bein. Genug von meinem schweren Atem, sobald es auch nur nieselt. Genug von der Feuchtigkeit in der Wohnung. Genug von meinen kilometerlangen Streifzügen Tag um Tag, von den Vorgesetzten, den Kunden, den Aufträgen. Genug davon, auf sie zu warten, genug vom Traum, mit ihr zu leben, der nie in Erfüllung gehen wird. Ich habe genug von mir, meinem Dasein. Zum ersten Mal ist es so.

"Die Fahrkarte habe ich schon besorgt, aber bis dahin streiten wir uns natürlich noch mal. Soll ich trotzdem kommen?"
"Ha. Einmal? Mindestens zehnmal. Klar kommst du. Wir versöhnen uns..."

Dieser Dialog hat nun keinerlei Gültigkeit
mehr. So freundlich wir zueinander sind, wenn
es zwischen uns gut läuft, so böse, so unbarm-
herzig sind wir, wenn es schlecht läuft. "Eine Beziehung lebt, Liebster, atmet. Sie verändert sich
im Umfang und im Tempo. Du aber möchtest,
dass sie unverändert bleibt wie ein Gegenstand."

Das hatte sie in ihrem Brief geschrieben, den ich
zerrissen habe. Entweder weiß sie es besser oder
ich habe nicht die geringste Ahnung. Meine Gefühle ändern sich nicht so leicht, sie bleiben nahezu stabil.

Ich stand auf und öffnete das Fenster. "Mir
geht's gut," beschwor ich mich selbst. "Alles in
bester Ordnung." Frische Luft und Sonne füllten
das Zimmer. Mit dem Arm schirmte ich meine
geblendeten Augen ab und weinte.

XX

Ich wusste weder ein noch aus. Ich trank bis zum Morgengrauen. Schwerfällig stand ich vom Sessel auf und warf mich bäuchlings auf das Bett, das ich nur mit großer Mühe fand, schloss die Augen und lauschte im Dunkeln den kräftigen Atemzügen meiner Nase. Plötzlich war mir kalt, ich fand weder die Kraft, das Fenster zu schließen noch die Therme einzuschalten noch unter die Decke zu schlüpfen. Ich fühlte, wie die eisige Kälte von meinen Füßen hoch kroch. Dann krabbelte eine Maus auf meinem Rücken herum und nagte an meinem Pullover. Meine Augen, meine Nase und Lippen begannen zu zucken.

Ich versuchte mich zusammenzureißen. Das ist kein Traum, sagte ich zu mir, kein Albtraum, wappne dich, das ist einer deiner Streifzüge...

"Wir sind schon völlig durchnässt. Sollen wir
nicht ein Taxi nehmen?"
"Nein, lass uns wieterlaufen!"
"Wir werden uns erkälten. Laufen können wir
ein anderes Mal."
"Nein, nein. Ich laufe sehr gern neben dir
her."

Kaum zu Hause angekommen, zogen wir
die nassen Sachen aus, liefen ins Bad und stellten uns unter die warme Dusche. "Hock dich
hin", sagte sie lachend. "Ich wasche dich."

"Ich bin doch kein Kind!"
"Und ob. Du bist mein Kind."

Unter dem Wasserstrahl ging ich in die Hocke.
Während sie meine Haare shampoonierte, fragte
ich: "Wirst du mich auch so waschen, wenn wir
verheiratet sind?" "Hättest du es gern?" fragte
sie. "Ja." "Aber du bist doch schon verheiratet,"
sagte sie.

"Und du hast einen Freund", entgegnete ich. Sie
lachte.

In Badetücher eingewickelt, gingen wir zurück
ins Zimmer. Während ich meine Haare trockne-
te, kam sie mit schnellen Schritten auf mich zu,
streckte sich mir entgegen und ließ ihre Lippen
auf meinem Mund wandern: "Das hättest du
also gern," sagte sie dann. "Ja," sagte ich. "In einem anderen Leben, Liebster," sagte sie. "Aber
dann bestimmt…"

XXI

"Hattest du den Tasmanischen Teufel gesehen? Die Geschichte von Vinny?"

"Nein. Sollte ich?"

"Weiß nicht. Mir gefiel er nicht besonders."

"Warum fragst du dann?"

"Das ist meine Art, die Wogen zu glätten."

Meine letzte Reise hatte ich in die Ukraine unternommen. Über zwanzig Jahre ist es her. Mit dem Schiff von Istanbul nach Odessa, drei Tage wegen Nebels festgehangen am Hafen von Odessa, mit dem Zug nach Charkow, von da wieder mit dem Zug nach Kiew. Am Straßenrand verkauften Leute auf umgedrehten Obstkisten Zigaretten, stückweise, auch Konserven und Fleischstücke. Auf den Straßen gab es Hunger und Armut, im Museum nebenan jedoch Soldatenhandschuhe aus Menschenhaut, Seife aus

Menschenfett. Längst habe ich meinen Glauben an Gott und die Menschheit verloren, unwiderruflich. Damit das hier endet und gleich meinen neue Reise beginnt, in der Hoffnung vielleicht, dass es ein besserer Ort sein möge, ein gerechterer.

"Also gut. Du machst dich morgen auf den Weg. Brauchst du etwas?"
"Nein. Ich fahre morgen los. Du ja auch. Soll ich dir etwas von hier mitbringen?"
"Nein, danke."
"Gut."

Geschichten. Vinnys Geschichte, meine Geschichte, deine Geschichte. Die Geschichte dessen, der zu Seife wurde und dessen, der sich mit ihm eingeseift hat. Der zum Handschuh wurde und der den Handschuh trug. Der zu Fleisch wurde und der dieses Fleisch verkauft. Die Welt ist voller Geschichten und zahlloser Reisen.

"Du hattest mich etwas gefragt neulich abends..."

"Wir haben tagelang nicht miteinander geredet, Liebster. Du meinst sicher früher?"

"Nein, nein. Neulich abends. Als du aus dem Bad kamst." "Ich weiß nicht, was du meinst, Liebster. Wir haben uns fast zweieinhalb Monate nicht gesehen."

"Ich weiß. Es ist kaum zu erklären, aber ich wollte trotzdem, dass du es erfährst."

"Was denn, Liebster?"

"Ja, ich wünschte, es wäre so. Ich wünschte, es bliebe immer so..."

XXII

Ein kleiner Busbahnhof in Anatolien. Übermüdete Busse, Menschen und Gepäck, zwischen schneebedeckten Bergen hindurch aus der Ferne hergekommen. Fliegende Händler, Wintersonne und ein kleiner, weißer Schmetterling, der beim Aussteigen auf mich zu flattert und sich an meiner Brust niederlässt. Mein Begleiter, während ich am kühlen Morgen der stillen Stadt zum Hotel laufe, an meinem Arm, um mich herum, heiter flatternd...

Ein Zimmer mit abgenutztem Mobiliar, darin verteilt ihre Schminkutensilien, bunten Kleidungsstücke, ihr kleines Bügeleisen, ihre Handys, ihr Kopfhörer und ihre Getränke. Kabel, Ladegeräte und ihr Duft im Zimmer, in dem sie seit gestern Abend wohnt. Im Bett, auf den Möbeln und im Bad... Wie bei unseren ersten bei-

den Treffen das ungeduldige, heiße Aufeinan-
dertreffen unserer Lippen, die nicht länger als
wenige Sekunden getrennt sein können. Der
schwindelerregende Streifzug des Zimmers um
unsere ineinander gewundenen Körper, das den
schönsten Morgen, den schönsten Tag und die
schönste Nacht in seiner vierzigjährigen Geschichte ankündigt.

"Mein Schmetterling. Du bist mein Schmetterling..."
"Wenn du mich so siehst... Danke."

Zwei Wochen später umflattert mich derselbe
Schmetterling nun in einer anderen Stadt, Tage
und eine ganze Nacht hindurch.

"Wenn du bei mir bist, gibst du dich mir be-
dingungslos hin."
"Und du wirst mir voll und ganz gerecht."

Rote Tropfen mittig auf dem Kissen, den Hotel-
pantoffeln und der Serviette, unaufhörliches

Husten und ihr sorgenvolles und fragendes Gesicht.

"Du musst zum Arzt. Dringend."

"Nein."

"Warum nicht?"

"Ich glaube nicht an Ärzte. Genauso wenig an Medikamente."

"Wartest du auf ein Wunder?"

"Ja, mindestens eins."

XXIII

"Geht es dir besser?"

"Seit ich mit dem Rauchen pausiere, ja. Ich huste auch weniger."

"Das freut mich, Liebster. Fang nicht wieder an. Wie sieht's zu Hause aus?"

"Sie ist freundlich zu mir. Wir reden miteinander. Alltagskram.".

"Meinst du, dass sie es weiß? Oder dass sie einen Verdacht hat?"

"Ich denke, dass sie es spürt. Aber sie lässt sich nichts anmerken."

"Sie wird dich nicht verlieren wollen."

"Wir sind so lange zusammen. Fast unser ganzes Leben."

"Und wie geht es dir damit?"

"Bevor du kamst, hatte ich ein Leben ohne sie nie in Erwägung gezogen."

"Du hattest viele Affären. Schwer, das zu glauben." "Viel unglaublicher finde ich, dass ich es jetzt derart heftig möchte. In meinem Alter und meinem Zustand." "Was ist mit deinem Zustand, Liebster? Ich finde dich ganz okay."

"Du weißt, dass ich kaum jemanden habe außer ihr."

"Du hast mich."

"Die Arbeit läuft nicht so, wie ich möchte. Ich habe keinerlei Antriebskraft."

"Das wird schon."

"Und da ist noch mein Gesundheitszustand."

"Es wird dir besser gehen, wenn du auf dich achtest. Außerdem bin ich ja bei dir."

Habe ich mich verändert oder bist du anders? Oder gar beides? Sind wir nicht noch immer im selben beschissenen Jahrhundert, auf demselben verdammten Stückchen Erde? Woher dieser plötzliche Hoffnungsschimmer, dieser Glaube, dieser Wille...

"Wie's aussieht, werde ich Ende des Monats zwei Tage in Istanbul sein können. Kannst du dir frei nehmen?"

"Was für eine Frage? Du weißt, dass ich mich um solche Dinge nicht mehr schere."

"Ich habe es bemerkt, Liebster. Das ist schmeichelhaft."

"Der Gedanke daran, mit dir zusammen zu sein, ist schwindelerregend."

"Welches Glück für mich..."

"Und mich erst..."

XXIV

Unruhige Nacht. Ich wälze mich im Bett hin und her. "Ich kann nicht," denke ich, "Nichts wird sich ändern. Bald werde ich mich auf den Rücken legen wie eine Wanze und krepieren." Dann höre ich Hundegebell. Ich stehe auf, um das Fenster zu schließen, aber es ist geschlossen. Die Laute kommen aus der Wohnung. Ich gehe zum anderen Bett an der Wand und sehe auf Noras Gesicht. Sie schläft tief. Ich spitze die Ohren und folge dem Gebell, gehe ins Nebenzimmer, dann in die Küche, ins Bad. Es ist dunkel, ich bin schwach. Ich setze mich in der Diele im Schneidersitz auf den Boden. Dabei taucht ein Hund dicht vor meiner Nase auf, dann noch einer und noch einer. Sie strecken mir ihre Vorderpfoten entgegen, fletschen die Zähne und knurren mich an. Ich bewege mich nicht, bin auch nicht verängstigt. Dann sehe ich dich. Du

sitzt in einem Restaurant, in dem Kellner in
grauen Pluderhosen bedienen, dir gegenüber
sitzt ein mir unbekannter Mann. Du bist sehr
ausgelassen, erzählst ihm etwas und lachst im-
merzu. Ich spüre, dass meine Hände zittern.
Dann höre ich dich sagen: "Ich habe gehört,
dass das Hotel einen Swimmingpool hat. Gehen
wir schwimmen, wenn wir wieder im Hotel
sind?" "Bitte!" wiederholst du. "Lass uns
schwimmen gehen."

"Ich kann das nicht," sage ich zu mir selbst. "Ich
kann nicht mit ihr zusammen sein. Auch nicht,
wenn fünf Wunder geschehen und nicht nur
eins. Sie ist so anders als ich."

"Ich bin anders aufgewachsen," sagst du. "Ich
kann dich nicht verstehen. Ich habe eine andere
Sicht auf die Welt."

Mein Verstand verflüchtigt sich, das fühle ich.
Das Zittern geht vorbei, die Hunde verlieren an
Kontur und verschwinden, das Bellen verklingt.
Dann sehe ich dich an einem anderen Ort. In ei-

ner geräumigen, komfortablen Wohnung sitzt
du, die Beine ausgestreckt, in einem geschmack-
voll eingerichteten Zimmer auf einem Sofa und
blickst gedankenverloren zur Wand. Du bist
fünfundsechzig Jahre alt. Ich betrachte deine im
Nacken zusammengebundenen Haare, deine
Hand an der Wange, ein aufgeschlagenes Buch
auf deinen Knien. Ausgiebig betrachte ich den
Mann und die junge Frau auf der Abbildung des
Einbands. Hübsch anzusehen bist du, auch im
Alter. Ich werfe einen Blick in die anderen Zimmer. Eine Frau sitzt auf dem Teppich und kümmert sich um zwei kleine spielende Mädchen.
Wer sie wohl sind? Sonst ist niemand da. Haus
und Garten sind ruhig. Du auch. Woran du
wohl denkst?

Ich finde kaum die Kraft mich aufzurichten.
Meine Beine sind eingeschlafen. Mit einer Hand
stemme ich mich gegen die Wand und richte
mich langsam auf. "Ich kann das nicht," sage
ich. "Wir werden das nicht hinkriegen." Ich lasse
mich bäuchlings auf das Bett fallen. "Das mit
uns ist zum Scheitern verurteilt. Ganz sicher."

Ich denke an die auf dem Buchdeckel festgehaltene Zeit, einen frostigem Morgen. Der steile Weg, den wir Hand in Hand erklettern, der Koffer, den ich an der anderen Hand hinterher ziehe. Dann kommt mir unser erster Kuss in den Sinn, wie sie, auf dem Sofa sitzend, ihre Augen schließt und ihre Lippen auf meinen Mund legt, die Wärme ihres Atems, ihr Begehren. Ihr erbebender Körper, ihre Lust, als ich zum ersten Mal in sie eindringe. Ich brenne. "Ohne dich kann ich aber auch nicht mehr sein," murmele ich. "Ohne dich kann ich nicht leben." Ich japse nach Luft, möchte aufstehen und zu dir. Wo bist du? Immer noch krank in diesem Bett? Oder sitzt du auf dem Sofa in diesem großen Haus, gedankenverloren? Oder trocknest du gerade dein Kleid? In der Wohnung in Balat, denke ich, wie durchnässt wir waren an jenem Tag.

"Du hättest es dir also sehr gewünscht," höre ich sie dann mit ihrer zarten Stimme sagen. "Ich doch auch, Liebster," fügt sie hinzu. "Und wie."

Meine Anspannung lässt nach. Vor meinen vor Müdigkeit geschlossenen Augen sehe ich dich erneut. Irgendwo in der Ferne, am Eingang einer historischen Bibliothek posierst du in deinem gelben, im Wind flatternden Rock. Ein Lächeln legt sich auf meine am Laken festklebenden Lippen. Meine Finger streichen über das Foto und schreiben darauf, als webten sie einen seidenen Teppich:

"Ein Zusammentreffen, das einer alten Bibliothek ein Lächeln entlockt. Wie gut ihr zusammenpasst."

"Oh..." höre ich dich rufen. "Danke, mein Liebster. Vielen Dank..."

XXV

"Wie war deine Nacht?"

"Unruhig."

"Ja? Warum, Liebster?"

"Weiß nicht. Mein Denken war auf dich fixiert. Außer dir ist nichts da, was mich beeindruckt."

"Bei mir gibt's nichts zu erzählen, Süßer. Wir haben in diesem Restaurant zu Abend gegessen und sind dann zurück ins Hotel. Ich wäre gern noch in den Swimmingpool gegangen, aber es stellte sich heraus, dass es keinen gab. Ach ja, dann war da noch, wie gesagt, die Besichtigung dieser historischen Bibliothek. Sonst nichts. Dann gingen wir auf unsere Zimmer.

Ich habe noch meinen Koffer gepackt und bin ins Bett."

"Dann sind das also reine Hirngespinste, die ich aufbausche in meinem Kopf."

"Du weißt, dass ich nach Kräften Rücksicht nehme, damit du dich nicht so fühlst."

"Ich weiß. Aber wenn du irgendeine Kleinigkeit überspringst, dann erschüttert mich das wie ein Erdbeben."

"Auch das weiß ich, aber es macht mich eben wahnsinnig, wenn ich mir Mühe gegeben, das Bestmögliche getan habe und sehe, dass ich dich nicht zufriedenstellen konnte."

"Unsere Beziehung ist nun mal sehr fragil."

"Du sagst es."

"Deine Geschäftsreisen setzen mir sehr zu."

"Ich habe einen Job, Liebster, das weißt du. Und ich will ihn gut machen. Ich suche mir diese langen und anstrengenden Reisen nicht aus."

"Trotzdem stören sie mich."

"Hast du einen Vorschlag?"

"Nein, leider nicht."

"Morgen bin ich daheim. Und Ende des Monats bei dir. Halt dich fern von Hirngespinsten und achte bitte auf deine Gesundheit."

"Danke für jeden Tag, den wir zusammen verbrachten und zusammen verbringen werden."

"Danke, Liebster, danke."

XXVI

"Wenn du bei mir bist, geht es mir gut. Wenn ich deine Stimme höre, auch, aber wenn mir irgend etwas im Kopf herumgeht, ich mich festgebissen habe und nicht umgehend mit dir darüber reden kann, zum Beispiel nachts zu Hause, dann kann ich nicht schlafen. Oder ich verliere mich und nehme andere Gestalten an."

"Was für Gestalten, Liebster?"

"Du weißt ja, vor unserem dritten Treffen waren wir aneinandergeraten und es herrschte ein paar Tage Funkstille."

"Ja."

"Da fühlte ich mich so schlecht, dass ich dachte, dich für immer verloren zu haben. Dass es aus und vorbei ist mit uns. Ich hatte Angst, dass wir nie wieder miteinander reden, uns nie wiedersehen würden."

"Das war wieder aus so einem völlig absurden
Grund. Etwas, was du dir erdacht hast. Was
nur in deinem Hirn existiert."
"Das sagst du so leicht. Aber ich weiß doch
nicht, dass es völlig absurd ist, bevor du es
mir erklärst. Ich muss es unbedingt aus deinem Munde hören."
"Merih, du hast wirklich die Gabe, völlig un-
nötige Dinge derart aufzubauschen, dass ich
nicht verstehe, worin das Problem besteht."
"Du weißt, dass ich die Nachwirkungen von
Traumata, Krankheit und starken Medika-
menten immer noch nicht habe abschütteln
können. Bevor du kamst, war ich jahrelang
wie gefangen in einer entsetzlichen Einsamkeit, einer Finsternis. Ich hatte nur Kontakt
zu den paar Kollegen und zu Nora. Und da
auch nur das Allernötigste."
"Ich weiß, Liebster, aber jetzt bin ich bei dir
und werde es immer sein. Es besteht kein
Grund zur Sorge. Ich möchte jeden Augenblick voller Glück mit dir verbringen. Warum
sollen wir uns mit eingebildeten Problemen
herumschlagen, statt etwas Sinnvolles zu un-

ternehmen? Auf dem Gymnasium hatte ich
mal ein Gedicht gelesen, von Cemal Süreya,
darin heißt es:
Wer wollte nicht glücklich sein
Aber hältst du auch das Unglück aus?
Verstanden hatte ich es nicht, tue ich ehrlich
gesagt immer noch nicht. Ich finde, man muss
nicht um jeden Preis unglücklich werden. Man
kann sehr wohl mit dem, was man hat, dauer-
haft glücklich leben."
"So ganz Unrecht hat Süreya nicht. Er meint,
denke ich, die Liebe. Und da bist auf der
einen Seite du, die Glückliche. Und ich bin
wie immer der Unglückliche."
"Aber warum? Nenne mir triftige Gründe. Ich
habe nur Augen für dich. Im Rahmen meiner
Möglichkeiten verbringe ich jede freie Minute
mit dir, ob mit Schreiben, am Telefon oder indem ich bei jeder sich bietenden Gelegenheit
zu dir komme. Kannst du mir, abgesehen von
diesen besagten wenigen Tagen, einen einzigen Tag nennen, an dem wir keinen Kontakt
hatten?"
"Mir fällt keiner ein."

"Weil's keinen gibt."

"Ja, genau in diesen wenigen Tagen der Funkstille fand ich mich eines Nachts, nachdem
ich mich mit Tausend negativen Gedanken
im Bett gewälzt hatte, mit einem Mal auf einer breiten Straße wieder. Ich hockte mitten
in der Nacht vor einer Boutique, die Schau-
fenster in einer fremden Sprache beschriftet.
Auf meinem Kopf ein riesiger roter Touris-
tenhut, bunte Klamotten am Leib, rosa ange-
malte Lippen, links und rechts von mir mit
Krimskrams vollgestopfte Einkaufstüten, auf
meinem Schoß eine hässliche Katze, die ich
mit der einen Hand streichle, in der anderen
ein Bleistift, ein merkwürdiges Grinsen im
Gesicht, so saß ich da an die Rollläden des
Geschäfts gelehnt und schrieb seelenruhig etwas in einer Fremdsprache in das Heft auf
meinen Knien. Dann ließ mich der Duft eines
Parfums innehalten. Ich schloss die Augen,
sog den Duft tief ein, hob den Kopf und als
ich sie wieder öffnete, sah ich dich vor mir.
"Na, wie findest du mich?" fragte ich und
strahlte dich an. "Ich suchte dich seit Jahren,"

entgegnetest du. "Gib mich auf," sagte ich.
"Das mit uns beiden, das wird nichts."

"Warum nicht?"

"Vergnüge du dich ruhig weiter mit wildfremden Männern in Pools. Ach, lass mich."

"Was für Pools?"

"Pools eben. Hotelpools. Wo du mit deinem Kollegen warst."

"Warum sollte ich mit meinem Kollegen in den Pool? Wie kommst du darauf?"

"Wolltet ihr nicht zusammen hin?"

"Selbstverständlich nicht. Warum sollte ich mit meinem Kollegen schwimmen gehen?"

"Warum hast du das nicht gleich gesagt? Nur deshalb lebe ich so lange schon auf der Straße."

"Warum hätte ich was sagen sollen? Das war nie Thema."

"Wird es aber bald."

"Also gut, falls ja, gehe ich nicht hin. Oder allein. Versprochen."

"Mit dir zu reden, erdet mich..."

"Ich bin bei dir, Liebster. Komm. Steh auf, lass uns nach Hause gehen."

Du nahmst mich bei der Hand und halfst mir
hoch. Als ich nach den Einkaufstaschen greifen
wollte, ließest du es nicht zu. "Lass das Zeug,"
sagtest du. "Wenn wir zu Hause sind, wasche ich
dich ordentlich und ziehe dir saubere Sachen
an."

"Wo sind wir zu Hause?"
"Weit weg. Im Kaz-Gebirge."
"Im Kaz-Gebirge. Mein Rückzugsort. Das
Haus, in das ich nach meiner Pensionierung
zog, nach der Scheidung von Nora. Jahrelang
träumte ich davon, dass du zu mir kommst..."
"Genau, Liebster."
"Ich hatte ihr gesagt, dass ich nicht mehr arbeiten und allein leben möchte. Sie hatte es
verständnisvoll aufgenommen. Wir verkauften die Eigentumswohnung und teilten den
Erlös. Sie zog zu ihrer Mutter und ich kaufte
diese kleine Hütte, zog ein und machte es mir
wohnlich."
"Ich weiß, Liebster. Du hattest es mir erzählt."
"Ein einziger Raum. Ein Ofen, ein Bett, dun-
kelrot gemusterte Tapeten, einige gewöhnli-

che Sessel in verschiedenen Farben, ein verzierter Beistelltisch, eine Kuckucksuhr und ein
Ankleidespiegel sowie ein brauchbarer Plattenspieler..."

"Hm..."

"Und eines Tages hattest du mich dort aufge-
spürt."

"Das war gar nicht so einfach."

"Damals warst du verheiratet. In zweiter Ehe.
Wir hatten den ganzen Abend Wein getrunken und uns unterhalten. Auf den alten Plat-
ten hatten wir Lieder gehört, die du mochtest.
Als es spät wurde und dir langsam die Augen
zufielen, hatte ich mein Bett für dich zurecht-
gemacht. Ich wollte auf dem Sofa schlafen,
vielleicht auch gar nicht schlafen, sondern
dich im Schlaf betrachten, bis du aufwachst,
aber du hattest mich an der Hand zum Bett
geführt."

"Ich erinnere mich an jede Sekunde, Liebster."

"Wir hatten uns, so wie wir waren, aufs Bett
gelegt. Du legtest deinen Kopf auf meine
Brust und schliefst sofort ein. Und ich regte
mich kaum bis zum frühen Morgen, die eine

Hand auf deinem Haar, die andere auf deinem Rücken."

"Ich schlief nicht sofort ein. Das vergisst du jedes Mal. Vor dem Einschlafen sog ich deinen Duft tief ein, spürte deine Hände auf meinem Haar und meinem Rücken und fand Seelenruhe. 'Tausendjährige Glückseligkeit...' hatte ich zu mir selbst gesagt. 'Das ist die Summe allen Glücks, das ich seit tausend Jahren suchte.'

"Was muss ich tun, um deine merkwürdigen Streifzüge zu einem Ende zu bringen, Liebster?"

"Sei die meine."

"Ich bin die deine."

"Sei bei mir."

"Dazu müssen wir einiges regeln. Und Nora muss der Trennung zustimmen."

"Manchmal denke ich, dass es niemanden namens Nora gibt, und dass auch sie nur auf den Streifzügen, die sich mein Kopf erdenkt, existiert."

"Weißt du, daran dachte ich neulich auch. Ich habe sie ja noch nie gesehen, nicht einmal auf einem Foto. Ich weiß nur das von ihr, was du erzählst. Nicht gerade viel."

"Wie viel?"

"Kaum etwas. Merih, gibt es wirklich eine Nora, mit der du verheiratet bist?"

XXVII

“Warum machst du ein langes Gesicht?”

“Weil du mich auf einen furchtbaren Gedanken gebracht hast!”

“Meinst du die Sache mit Nora? Hätte ich gewusst, dass du das so ernst nimmst, hätte ich es nicht daher gesagt.”

“Wie sollte ich es nicht ernst nehmen, Merih? Das Zuverlässigste an dir war für mich immer deine Aufrichtigkeit. Bis eben war ich überzeugt, dass du mich nicht mit einem einzigen Wort angelogen hast. Und nun dieser Satz aus deinem Mund.”

“Es ist das erste Mal, dass du mich so oft beim Namen nennst.”

“Ist der etwa auch nicht echt?”

“Lenk nicht vom Thema ab.”

“Ich werde noch verrückt, Merih. Du bist es doch, der das Thema wechselt.”

"Ich habe nicht gesagt, dass es keine Nora gibt. Ich habe mich lediglich gefragt, ob es sie möglicherweise auch nicht gibt?"

"Und diese Frage hat mich eben zur anderen geführt..."

"Zu welcher?"

"Als ich dich abends fragte, ob du was gegessen hast, verneintest du. Als ich nach dem Grund fragte, sagtest du, dass du es vorziehst, wenig zu essen."

"Das ist richtig. Ich denke sogar oft daran, es ganz sein zu lassen."

"Vielleicht isst du ja nichts, weil niemand da ist, der für dich kocht."

"Es kommt schon mal vor, dass Nora bei ihrer Mutter übernachtet, aber ich könnte ja selbst kochen, wenn es so wäre." "Ich weiß, dass du keinen Finger krumm machst für dich. Und außerdem, wenn Nora zu Hause ist, wie kommt es dann, dass du abends ungestört mit mir chatten kannst?"

"Das kann ich nicht immer."

"Vielleicht chattest du ja an den Abenden, an denen du vorgibst, nicht ungestört zu sein, mit einer anderen."

"Warum sollte ich so etwas tun?"

"Um niemanden zu sehr in dein Leben zu lassen, vielleicht. Weil du deine Beziehungen lieber so leben möchtest, auf Distanz, um ganz für dich zu sein."

"Selbstverständlich gibt es Nora. Schon sehr lange gibt es sie und bis du kamst, hatte ich nie erwogen, dass sie eines Tages nicht mehr in meinem Leben sein würde. Das habe ich dir aber bereits gesagt. Können wir das Thema beenden, Liebling?"

"Es tut mir leid. Das sind die Nerven. Der Stress im Job."

"Kein Problem. Du arbeitest zu viel, schläfst zu wenig. Und dann musst du dich noch mit mir herumschlagen."

"Das ist doch Unsinn, Merih. Du bist mein Ein und Alles."

"Beruht auf Gegenseitigkeit."

XXVIII

Das fünfte Treffen. Ein schönes Hotelzimmer außerhalb der Stadt, ein lauer Donnertag Abend. Kaum zur Tür herein beginnen wir einander auszuziehen, ohne unsere Küsse auch nur für einen Augenblick zu unterbrechen. "Ich habe dich vermisst, " sagt sie. "Und wie." Ihr heißer Atem nimmt mir die Besinnung. "Ich dich auch," sage ich keuchend, gleich darauf werde ich von einem Hustenanfall übermannt, so dass ich auf die Knie sinke und mir schier die Lungen aus dem Leib huste.

"Von wegen, besser geworden."
"Ist gleich vorbei."
"Warum weigerst du dich, zum Arzt zu gehen? Du bist doch schon einmal erfolgreich behandelt worden."

"Ich will das nicht noch einmal durchma-
chen."

"Aber du weißt, dass es nicht von selbst besser
wird. Sobald du nur ein wenig geschwächst
bist, wird es dich wieder niederstrecken."

"Passiert schon nichts. Ich passe auf mich
auf."

Als der Husten abklingt, richte ich mich langsam auf, nehme sie wieder in meine Arme und
küsse ihren Hals, ihre Schultern, lasse meine
Hände leidenschaftlich auf ihren Beinen, ihrem
Rücken streifen. Während ihre Lippen in meinem Mund versinken, lege ich sie ins Bett und
wickele ihre Beine um meinen Rücken. "Wie sehr
ich deinen Atem vermisst habe," murmelt sie.
"Und deinen Geruch." Die Finger meiner beiden
Hände verschwinden in ihren Haaren, während
ich mich schnell auf ihr hin und her zu bewegen
beginne. "Ich bekomme nicht genug von dir,"
keuche ich. "Ich vermisse dich schon beim Ab-
schied, sobald du zur Tür hinaus bist." "Die
Musik," sagt sie. "Ich habe die Musik vergessen."
Sie greift nach dem Handy und lässt Kovacs' My

Love laufen. Noch schneller, noch leidenschaftlicher küssen wir uns. Ganz feucht ist sie. "Wie ein lauer Fluss fließt es zwischen deinen Beinen," sage ich.

"Hör nicht auf," sagt sie mit beschlossenen Augen. "Ich bekomme nicht genug von dir."

Wir duschen gemeinsam und kehren ins Zimmer zurück.

"Und was machen wir jetzt, Süßer?" fragt sie. "Lass uns essen gehen. Dann holen wir was zu trinken und kommen wieder her."

"Gut," sagt sie. Wir ziehen uns an und gehen hinaus, nehmen die Überführung zum nahen Einkaufszentrum. Zunächst nimmt sie meine Hand, dann hakt sie sich bei mir unter, um sogleich den Arm um mich zu legen. "Kannst dich wohl nicht entscheiden," bemerke ich. Wir lachen. Als ich ihr den Arm um die Schultern lege, schmiegt sie sich kurz bei mir an.

Im Restaurant am Eingang der Passage setzen
wir uns an einen Tisch und geben unsere Bestel-
lung auf.

"Du fremdelst nicht mehr," sagt sie. "Es macht
dir nichts mehr aus, in öffentliche Verkehrsmittel einzusteigen, unter Menschen zu sein."

"Ja," sage ich. "Ich könnte jetzt auch allein herkommen." Sie wird bleich, schaut weg und isst
still. Das ist neu an ihr. So schweigsam und so
fern.

"Was ist, Liebste?"
"Nichts."
"Warum so still auf einmal?"
"Nichts."
"Das war ein Scherz. Ich denke gar nicht dar-
an, ohne dich irgendwohin zu gehen."
"Wirklich nicht?"
"Natürlich nicht. Du kennst mich doch."

Sie streckt ihren Arm über den Tisch und nimmt meine Hand. "Ich weiß, Liebster," sagt sie. "Ich weiß. Danke."

Nach einem schwächeren Hustenanfall stehen wir auf und gehen in den Supermarkt. Zwischen den Spirituosenregalen nehme ich ihre beiden Hände in meine und drehe sie zu mir. "Es wird nie jemand außer dir da sein," sage ich. "Es gibt keine andere für mich." Ein Lächeln erhellt ihr Gesicht. "Liebster...", sagt sie. Nur dieses eine Wort.

Mit Getränken ausgerüstet kehren wir auf dem selben Weg ins Hotel zurück. "Gefällt dir das Hotel?" fragt sie.

"Ja. Das nächste Mal können wir auch hierher."
"Findest du?"
"Ja, du nicht?"
"Doch, klar.."

Im Zimmer ziehen wir die Schlafanzüge an, die
sie für sich und mich mitgebracht hat und gie-
ßen uns ein. "Außerdem ist hier gelbes Licht,"
sagt sie. "Ich mag kein weißes Licht."

"Und du? Magst du weißes oder gelbes?"
"Weiß nicht. Das ist mir wohl egal."
"Wie ist das Licht bei euch zu Hause?"
"Keine Ahnung. Hab nicht darauf geachtet."
"Wie? Du weißt nicht, wie das Licht bei dir
ist? Los, sag schon, gelb oder weiß?"

Ich denke darüber nach, finde es aber nicht heraus. Ich werde nachsehen, wenn ich zu Hause
bin, aber es ist bestimmt weiß, da sie gelbes
Licht mag. Weil nichts an uns gleich ist.

"Sollen wir schon mal ein Programm für morgen
machen, Liebster?" fragt sie.

"Ich muss früh raus," sage ich. "Zur Arbeit. Du
kannst deine Erledigungen machen. Und abends
treffen wir uns hier." "Lass uns erst gemeinsam

frühstücken," sagt sie. "Dann kannst du zur Arbeit. Du solltest keine Mahlzeit auslassen."

"Ich hole mir unterwegs was."

"Nein, wenn ich nicht weiß, dass du gut gefrühstückt hast, habe ich keine Ruhe."

Sie setzt ihr Glas auf dem Tisch ab, kommt näher, nimmt meine Hand und zieht mich hoch, sieht mir in die Augen und bringt ihre Lippen an meinen Mund. " Ich liebe dich," sagt sie.

"Ich liebe dich sehr, Baby." Wir gehen wieder ins Bett.

Am nächsten Morgen machen wir es, wie sie es vorschlug. Nach einem ausgiebigen Frühstück im Hotel gehe ich zur Arbeit. Sie bleibt. Am Abend treffen wir uns. Nach einem Essen in einem anderen Restaurant kaufen wir im selben Supermarkt etwas zu trinken und gehen ins Hotel. Sie erzählt mir ausführlich, wie ihr Tag war, mit wem sie sich traf. Ich höre zu, ohne sie zu unterbrechen. Es gefällt mir, dass sie von sich aus drauf los erzählt. Und ihre Stimme, ihre Tonlage, ihre Art zu sprechen auch...

"Und wie war dein Tag, Liebster?"
"Wie immer. Ruhig."

"Ein eintöniges Leben ist eigentlich nichts für dich. Unter Menschen würdest du dich besser fühlen. War es früher nicht so?"

"Richtig. Aber es ist gut, wie es ist."

Es war Winter, als wir begannen uns zu treffen. Normalerweise friere ich schrecklich, aber in ihrer Gegenwart verändert sich meine Chemie. Von Frieren keine Spur. Und schlafen muss ich auch nicht. Wenn sie eingeschlafen ist, betrachte ich ihr Gesicht bis zum frühen Morgen, ohne ein Auge zuzutun... Von Zweifeln keine Spur in ihrer Gegenwart. Meine Bedenken verfliegen regelrecht.

"Woran denkst du, Liebster?"

"Daran, dass wir uns morgen früh wieder verabschieden müssen. Was meinst du, wann
können wir uns wiedersehen?"

"Nicht vor Oktober, wie es aussieht."

"Ganz schön lang."

"So ist es. Vielleicht kommst du ja zu mir."

"Mach ich."

"Ja? Du traust es dir zu?"

"Ja, wie es aussieht, werde ich dir auf Schritt
und Tritt folgen. Stadt für Stadt."

"Ha ha, scheint mir auch so."

Ich stehe auf, nehme ihren Arm und lege sie
aufs Bett. Meine Lippen streifen über ihren Leib,
bis kein Fleck ungeküsst bleibt, bevor ich meinen Kopf in ihre tiefe Grube wühle.

"Wie schön du bist," sage ich.

"Ich bin dein," erwidert sie, während sie ihre
Beine spreizt. "Nur dein, dein für alle Zeiten."

XXIX

Ein Klappern weckt mich auf. Die Tür wird geöffnet. Hastig richte ich mich auf. Nora steht im Nachthemd in der Wohnungstür. Die Wanduhr zeigt 04.45.

"Wo willst du hin?"

"Vater hat mich gerufen."

"Du hast sicher geträumt," sage ich, ziehe sie am Arm wieder herein und schließe die Tür.

"Aber Vater hat mich gerufen," wiederholt sie. "Komm sofort, hat er gesagt."

Ich wasche ihr das Gesicht und gebe ihr Wasser zu trinken. Nachdem sie sich gesammelt hat, legt sie sich in ihr Bett und schläft ein. Ich gehe zurück in meins. Laken und Kissen sind völlig durchnässt. Ich bin nass geschwitzt, von meinem Haar rinnt es lauwarm hinunter. Ich lege mich hin.

Ich muss daran denken, wie sie 'Vater hat mich gerufen,' sagte. 'Komm sofort.' Ihr Vater. Zwanzig Jahre ist das her. Wir sind in ihrem Elternhaus, nach dem großen Erdbeben. Wir haben Raki getrunken, ziemlich viel.

"Merih, wie soll es weitergehen?" fragt sie. Auf einmal platzt mir der Kragen. "Was weiß denn ich!" schreie ich, "Hab ich das Erdbeben gemacht?" Alle im Zimmer richten die Augen voller Staunen auf mich. "Mache ich all die Kriege!" brülle ich. "Lasse ich die Menschen hochgehen wie Silvesterknaller!" Nora steht auf und kommt zu mir, zieht mich an einer Hand hoch. "Komm. Lass uns zu Bett gehen, Lieber," sagt sie. "Mein Vater ist doch auch tot," sage ich. Von meinen geröteten Augen rinnen zwei Tränen die Nase hinab.

XXX

"Die Röntgenbilder sind nicht erfreulich. Leider haben sie einen Rückfall."

Ich lasse den Kopf sinken und fahre mir mit meiner rechten Hand durchs Haar.

"Sie hätten früher kommen sollen," sagt er. "Rauchen Sie?"

"Ja."

"Alkohol?"

"Ja."

"Ab sofort müssen sie beides vergessen. Und wir müssen uns um ihre unverzügliche Einweisung kümmern."

"Ich kann nicht ins Krankenhaus. Ich muss arbeiten." "Sie sind arbeitsunfähig. Für die Behandlung ist es fast zu spät."

"Ich müsste mir Urlaub nehmen. Und eine Übergabe machen."

"Sie haben keine Zeit zu verlieren. Ich veranlasse die Einweisungsformalitäten. Hinterlassen Sie Ihre Telefonnummer und kommen Sie in einigen Stunden mit einer Begleitperson zurück. Unbedingt."

Ich schreibe meine Nummer auf, trete hinaus auf die Straße und gehe langsam, das Gesicht der Sonne entgegengestreckt... Straßenbahnen fahren vorbei, Busse, Taxis. Ich komme an dem Reisebüro vorbei, wo ich die Fahrkarte kaufte. Jener Tag kommt mir in den Sinn und die Fahrkarte für den Fernbus, die ich voller Vorfreude auf unser Wiedersehen, nach eineinhalb Monaten des Getrenntseins, kaufte. Wie ich sie, die Karte in der Hand, anrief und unsere gemeinsam ausgemalten Träume. Wie ich zu ihr sagte: "Erledige alles, bevor ich komme. Ich habe nicht vor, auch nur eine Sekunde ohne dich zu verbringen."

"Ganz bestimmt," sagt sie. "Ganz bestimmt. Keine Sekunde getrennt!"

"Einmal noch," denke ich laut. "Einmal noch muss ich sie sehen. Oktober ist zu fern für mich. Es gibt keinen Oktober für mich."

"Eine andere Zukunft haben wir auch nicht. Lange halten wir es nicht miteinander aus. Wir sind zu verschieden. Einmal noch, nur für eine oder zwei Wochen. Oder etwas länger. Das genügt mir..."

XXXI

"Dein Bettzeug ist wieder völlig durchnässt. Wie damals."

"Es besteht kein Anlass zur Sorge."

"Das hast du damals auch gesagt. Und wärest fast gestorben."

"Es ist nichts, hab ich gesagt, Nora."

"Gut, wenn du meinst. Du wirst es schon wissen."

"Einen Scheißdreck weiß ich."

Ich schließe die Zimmertür, lasse mich rücklings aufs Bett fallen, hefte meinen Blick auf die Stockflecken an der Decke und denke nach.

"Bis Oktober ist noch lange hin," denke ich. "Wenn ich ins Krankenhaus gehe, können wir uns nicht sehen. Mindestens sechs Monate nicht."

An der Decke sehe ich tanzende Schatten.

"Sechs Monate ohne eine Nachricht von ihr, ohne ihre Worte zu lesen, ihre Stimme zu hören..."

Ich sehe genauer hin. Es ist kein Tanz, es ist wohl eher eine Prozession...

Nora steckt den Kopf zur Tür herein.

"Willst du nichts essen?"
"Nein."
"Das schaffe ich nicht," denke ich. "Ohne sie schaffe ich das nicht, komme ich da nicht wieder raus."
"Selbst wenn, nichts wäre wie früher. Nach so langer Zeit..."

Die Schatten verschwinden. Ihr lächelndes Gesicht sehe ich an der Zimmerdecke. "Meine Sicht der Welt ist anders als deine," sagt sie. "Ich versuche, jeden Augenblick des Lebens zu genießen."

"Du wolltest immer bei mir sein. Das hattest du gesagt···"

"Ich glaube, das hast du missverstanden. Als wollte ich ausschließlich bei dir sein."

"Aber ich..." sage ich voller Schmerz.

"Du bist wunderbar," sagt sie. "Du warst stets der perfekte Part dieser Beziehung. Ich immer der fehlerhafte."

Ich drehe mich zur Seite und werde von einem

Hustenanfall übermannt. Nora huscht herein und richtet mich auf, wechselt mir die durchnässte Unterwäsche und geht wieder. Ich setze mich auf den Stuhl, nehme meinen Kopf zwischen die Hände und sage: "Zum Teufel mit dem Leben. Zum Teufel mit allen Wundern..."

XXXII

"Du klangst furchtbar am Telefon, Liebster. Ich konnte nicht glauben, dass es dir gut geht."

"Doch, doch. Ich hab nichts."

"Du hattest geschrieben, dass du etwas Wichtiges zu sagen hast. Ich bin gespannt."

"Ja, ich zog es vor zu schreiben."

"Möglicherweise weil du vor lauter Husten nicht sprechen kannst, Liebster?"

"Ich möchte dich um einen Gefallen bitten."

"Was immer du möchtest, Liebling..."

"Kannst du dir Urlaub nehmen?"

"Natürlich. Aber wozu?"

"Ich möchte zu dir."

"Nanu? So aus heiterem Himmel?"

"Bis Oktober ist noch so lange hin. Das halte ich nicht aus, ohne dich zu sehen."

"Aber wir waren doch erst vor einigen Tagen zusammen, Liebster."

"Und wenn. Ich vermisse dich jetzt schon."

"Du bist süß. Also gut, wie lange möchtest du bleiben?"

"Eine Weile."

"Wie lange ist diese Weile, Liebster? Damit ich planen kann."

"Genau weiß ich's nicht. Ein paar Wochen vielleicht, oder etwas länger."

"Zwei Wochen also?"

"Oder einen Monat, höchstens zwei."

"Liebster, was ist los?"

"Du wolltest doch immer, dass ich zu dir komme."

"Natürlich wollte ich das. Ich bin nur erstaunt, dass du plötzlich so lange von zu Hause und von der Arbeit getrennt sein kannst."

"Ich nehme mir Urlaub. All die Jahre habe ich durchgearbeitet. Und Nora sage ich, dass ich den Ort, an den ich zu gehören glaube, einmal noch sehen möchte."

"Verzeih mir mein Staunen. Und wo sollen wir wohnen? Wie hast du dir das vorgestellt?"

"An einem abgeschiedenen Ort. Unter den Sternen. Ohne Telefon, Internet oder Fernseher. Nur wir zwei."
"Hm. Auf dem Land, meinst du."
"Ja, wir könnten ein Häuschen auf dem Land mieten. Wir nehmen nur das Nötigste mit. Keine unnötigen Ausgaben." "Denk nicht an die Ausgaben, aber ich habe eine bessere Idee."
"Nämlich?"
"Die Almhütte meiner Großmutter steht seit Jahren ungenutzt da. Mit allem Drum und Dran. Bücher, Zeitschriften und alles. Wie für dich gemacht. Und die Luft wird dir gut tun. Was meinst du?"
"Ginge das denn?"
"Na klar, Liebster. Warum nicht?"
"Liebster". Wie kostbar ein Wort sein kann.
"Und wann?" fragt sie.
"So bald wie möglich, " sage ich, bevor ich zu husten beginne. "Bitte."

XXXIII

Der Terminkalender für 2019. Ich starre auf den schlichten Einband. Meine zwischen den Beinen verschränkten Finger wollen die Dinge auf dem Tisch nicht berühren. Rechenmaschine, Telefon, Kartenleser und die anderen Geräte sehen mich mit einem Ausdruck von Unruhe und Sorge an, als glaubten sie, etwas falsch gemacht zu haben. Ich hebe langsam die Arme, stütze meine Ellbogen auf den Tisch, lege meine Hände vor der Nase zusammen und bleibe eine Weile so.

2019. Ich überlege, ob diese Zahl sich von anderen unterscheidet. Keinerlei Assoziationen. Meine Blicke streifen über die Wände. Ich betrachte langsam die Reihen mit den Ordnern, die Broschüren in den Regalen und die gerahmten Bilder. Dann fahre ich den Rechner hoch und sehe nach, ob irgendwelche persönlichen Daten von mir gespeichert sind. Fotos, Briefe, archivierte Bilder oder Musik, oder irgend welche Zitate, die ich notiert habe. Nichts. Dann fällt mein Blick auf das Notizbuch auf dem Tisch. Ich nehme es freudig in die Hand und lege es gut sichtbar ab, damit ich es nicht vergesse. Dann öffne ich meinen Account und beginne ihr zu schreiben.

"Hallo, Liebste. Gleich mache ich das mit dem Urlaub klar und werde mich dann von den Kollegen verabschieden. Was ich jetzt schreibe, wirst du lesen, wenn du wieder online bist. Ich denke, dass alles planmäßig läuft."
"Mein Handy ist ein Geschäftshandy, wie du weißt. Das überlasse ich dem Kollegen, der mich während meines Urlaubs vertreten wird. Du weißt, dass ich kein eigenes Handy habe. Das heißt, dass ich dich nicht mehr anrufen kann. Den Laptop muss ich auch abgeben, damit sie die Post kontrollieren können."
"Was du mir schreibst, kann ich erst lesen, wenn ich zu Hause bin. Nun habe ich nichts anderes mehr zu tun, als darauf zu waren,

dass du mich zu dir rufst oder abholen kommst. Abgesehen von einem kurzen Gespräch mit Nora."

"Ich möchte dich bitten, meine bei dir gespeicherte Nummer zu löschen, sobald du diese Nachricht gelesen hast. Du kennst meine Empfindlichkeit, was diese Dinge betrifft. Sammeln, aufbewahren, herumtragen, festhalten. Sei so gut und höre dieses eine Mal auf mich und vergiss das Löschen nicht."

"Nur das Notizbüchlein, ein Geschenk von dir, nehme ich mit, wenn ich komme, sonst nichts. Falls du aber irgendetwas von hier brauchst, schreib mir, damit ich es rechtzeitig besorgen kann."

Nach einem möglichst kurz gehaltenen Kündigungsgespräch, den Formalitäten und dem Abschiednehmen streife ich am Ufer entlang zu dem Platz an der historischen Mauer. An einer nahen Trinkhalle kaufe ich eine große Flasche Wodka und eine Schachtel Zigaretten, hocke mich an der niedrigen Mauer in die Nähe von drei gut gekleideten, älteren Männern hin, fülle

meinen Plastikbecher und stecke mir eine Zigarette an. Mein Notizbuch liegt vor mir auf der
Mauer.

"Er sagte nicht 'darum'," höre ich den einen
sagen. "Er sagte immer 'drum'."

"Er sagte nicht 'bitte'," sagt der andere. "Er sagte 'bitt'schön'."

Sie lachen.

"Er wurde vom Nachtwächter beim Champa-
gnertrinken mit einer jungen Frau über-
rascht," sagt der dritte. "Splitternackt," fährt
der andere fort. "Der junge Archäologe wurde
in der Grabkammer inflagranti ertappt."

Wieder brechen sie in Gelächter aus.

"Eine kleine Gedenkfeier...", denke ich laut.
"Ein Nachruf." "Schlaf in ewiger Ruhe, Fi-
kret!" sagt einer und erhebt sein Glas.

"Er brüllt jetzt bestimmt: 'Macht die verdammten Lichter aus! Bei Licht kann ich
nicht schlafen!'"

Alle vier lachen wir aus vollem Hals.

XXXIV

"Willst du nicht zur Arbeit?"

"Nein. Ich habe gekündigt."

"Warum?"

"Es musste sein."

"Hat man dich entlassen, weil du krank bist?"

"Nein, ich habe gekündigt."

"Gut. Aber warum?"

"Ich möchte nicht mehr arbeiten."

Ich gehe ins Bad, um mir Gesicht und Hände zu waschen und auch ein wenig, um Zeit zu gewinnen für die kommenden Fragen.

"Hast du beschlossen, dich behandeln zu lassen?"

"Nein, ich habe nicht vor, das noch einmal durchzumachen."

"Du hast wohl auch nicht vor, zu leben. Begreifst du nicht, von selbst wirst du nicht gesund. Du achtest überhaupt nicht auf deine Gesundheit. Gestern warst du sturzbetrunken, als du nach Hause kamst. Du darfst doch nicht trinken." "Verboten," denke ich, während ich mich ankleide. "Alles ist mir verboten."

"Darf ich?" frage ich. "Ich muss am Laptop etwas nachsehen." Sie verlässt das Zimmer. Ich schließe die Tür, klappe den Laptop auf und beginne die Nachrichten von ihr zu lesen, die sich seit gestern angesammelt haben.

"Warum so übereilt? Du hättest ruhig auf meine Antwort warten können."

"Das heißt also, dass ich deine Stimme nicht werde hören können, bis du kommst. Es fühlte sich nicht gut an, das zu lesen..."

"Deine Nummer habe ich gelöscht... Leicht war es nicht. Dass du es weißt."

"Ich gehe heute zum Häuschen, nach dem Rechten sehen. Ich melde mich."

"Ich schreibe vom Handy. Das Haus ist in Ordnung. Was fehlt, habe ich bestellt. In ein paar Tagen ist alles hergerichtet. Den Rest machen wir gemeinsam. Ich fahre jetzt zurück, werde morgen den Urlaub klar machen. Schreib mir, wie es dir geht."

"Ich bin zu Hause," schreibe ich. "Mir geht's gut. Ich werde gleich mit Nora sprechen."

Ich klappe den Laptop zu und gehe ins andere Zimmer. Nora wirkt ruhig, gesprächsbereit. Ich setze mich ihr gegenüber in den Sessel und frage: "Können wir reden?" "Reden wir," sagt sie.

"Ich werde mich nicht behandeln lassen," beginne ich.

"Arbeiten werde ich auch nicht mehr."

"Was willst du dann tun?" fragt sie.

"Ich werde nicht hier leben," sage ich.

"Und wo willst du leben?"

"Weit weg. An einem Ort, zu dem ich zu gehören glaube."

"Du fühlst dich doch nirgendwohin gehörig. Du magst die Menschen nicht, du bist ein Eigenbrötler."

"Bin ich das?"

"Natürlich. Wann hast du deine Mutter zuletzt gesehen, vor ihrem Tod? Wann hast du dich mit deinen Geschwistern getroffen? Seit Jahren wohnst du hier. Hast du zu einem einzigen Nachbarn Kontakt, einem Händler im Viertel? Hast du einen Kumpel, mit dem du dich mal triffst? Erinnerst du dich, wann du meine Mutter oder Geschwister zuletzt gesehen hast? Oder wenigstens angerufen? Gibt es einen einzigen Ort, wo du dich gelegentlich blicken lässt?"

"Bist du fertig?"

"Nein, noch nicht. Bei wessen Trauung warst du zuletzt? Welchen Verwandten hast du zuletzt besucht oder wer hat dich besucht? Kannst du mir einen Ort nennen, wo du zuletzt mit mir hingegangen bist? Über welches Thema haben wir uns mal unterhalten in all den Jahren?"

"Ich war nicht immer so."

"Ja, du warst nicht immer so, aber selbst damals hattest du kein normales Leben."

"Was ist ein normales Leben, Nora? Abends zu Hause hocken und mit den Nachbarn Tee schlürfen?"

"Nicht zwingend."

"Was dann? Nach Feierabend im Kaffeehaus sitzen und Karten spielen etwa?"

"Auch das ist es nicht zwingend."

"Was ist es dann? Ein Leben lang schuften und sparen?"

"Ich kann nichts dafür, dass das Leben so ist."

"Und ich muss es nicht länger ertragen."

"Was also hast du vor?"

"Ich habe mit Vaters Brüdern gesprochen. Ich habe sie gebeten, für mich dort irgend etwas zu organisieren, wenn nicht mir, so doch Vater zuliebe. Eine Baracke, eine Dorfhütte, ein leerstehendes Haus."

"Und wie willst du für dich sorgen? Was willst du essen und trinken? Du bist krank, brauchst Pflege."

"Ich kriege das hin. Sorge dich nicht um mich. Geh du zu deiner Mutter, deinen Geschwistern. Du bist ja ohnehin oft bei ihnen. Da bist du glücklicher als mit mir."

"Lass mich mitkommen."

"Danke, Nora, aber für den verbleibenden Rest wünsche ich mir ein anderes Leben. Nicht dieses."

"Verlässt du mich?"

"Ich verlasse die Formulare, durch die ich mich bis zum Abend durchackern muss. Ich verlasse diese riesige Stadt, das vollgepfropfte Gedränge, den unerträglichen Lärm. Diese sinnlose Unrast und all die anderen Unsinnigkeiten."

"Und mich?"

"Es hat nichts mit dir zu tun. Dich trifft keine Schuld."

"Warum dann?"

Ohne zu antworten richtete ich mich auf. Eine Weile stand ich ratlos herum. Dann ging ich ans Fenster und schaute hinaus. Es hatte angefangen zu regnen.

"Du hast eine Andere, stimmt's?"

Ich betrachtete die Fotos an der Wand. Das Bücherregal, die Dekosachen, den Tisch und die
lange Vase darauf. Ich zog mir die Jacke über
und öffnete die Tür. Während ich meine Schuhe
anzog, sagte ich laut: 'Drum'. Und dann:
'Bitt'schön'. Ich trat hinaus. Es regnete noch.
Die Hände in den Taschen begann ich meinen
Streifzug durch die Straßen: 'Macht das ver-
dammte Licht aus!' Ich lachte. Gleich darauf begann ich zu weinen. Meine Tränen rannen mit
den Regentropfen an mir herab.

XXXV

"Hier wirst du dich so richtig erholen. Gute Gebirgsluft, gesunde Ernährung."

"Alles ist so, wie ich es mir vorgestellt habe."

"Das freut mich, Liebster. Das ist jetzt unser Zuhause. Du kannst herkommen, wann immer du willst und bleiben, so lange du magst."

"Unser Zuhause, unser Leben. Für eine Weile."

"Ja, zunächst mal für eine Weile."

"Eine relativ lange Zeit, könnte man sagen."

"Ich wäre gern ewig mit dir zusammen."

"Ewig. Ja, ich wünschte auch, es könnte so sein."

"Du hustest schrecklich, Liebster. Schweißgebadet bist du, deine Haare sind ganz verklebt."

Hintereinander gereihte einstöckige Holzhäuser. Eine sattgrüne Pflanzendecke, glückliche Bäume, Brennholz vor den Häusern, auf Nebelhügel kletternde Ziegen und herumlaufende Hütehunde.

Bücher aus früheren Zeiten, Briefe. Ein verzierter Ofen, einige Sessel, ein großer Tisch mit Schnitzereien, eine Kuckucksuhr, ein Spiegel mit Kupferrahmen und ein funktionierender Plattenspieler, verschiedene Schallplatten.

Träge verstreichende friedvolle Minuten, verlangsamte Augenblicke. Ihr Antlitz voller Leben, ihr Duft und ihre süße Stimme.

"Liebster, hör einmal, was ich gerade gelesen habe."

Ich betrachte ihre nackten Füße, die sie auf dem kleinen Tisch vor ihrem Sessel verschränkt hat. Ihre Hand, die die Zeitschrift hält, die Kaffeetasse in der anderen, ihre im Nacken zusam-

mengebundenen dunkelbraunen Haare und ihre
strahlenden Augen...

"Ewigkeit besteht aus heutigen Tagen."[6]

Ich spüre, wie eine große Träne meine Nase hinunter rinnt.

Ich stehe langsam auf und gehe zu ihr. Mir wird
schwarz vor Augen. Ich suche Halt an der Ses-
sellehne, hauche ihr einen Kuss auf die Wange,
fühle die Wärme ihres Gesichts auf meinen Lippen und sage: "Klingt gut."

"Sehr gut, Liebster..."

---

6 Emily Dickinson

Weitere Bücher von Merih Günay

Hochzeit der Möwen

 Ein Schriftsteller, der was auf sich hält, muss ein Hungerleider sein, ein Habenichts. «Nur zu schnell wird ein junger, ambitionierter Autor von seinen flapsigen Worten eingeholt. Innerhalb kürzester Zeit wird ihm durch ein Unglück alles genommen, was er besitzt. Ohne Geld, Nahrung oder Kleidung verwahrlost er in einer mittlerweile leer gepfändeten Wohnung und verliert darüber fast den Verstand. Seine Frau hat ihn verlassen, sein Vater ist gestorben, seine Tochter kennt ihn kaum mehr. Bis sich eines Tages seine Nachbarin, die junge taubstumme Talin, seiner annimmt. Dankbar geht er auf das stillschweigende Angebot der einsamen Frau ein, die ihn vergöttert. Er hingegen verliebt sich unsterblich in deren Schwester Natali, was ihn vor folgenschwere Entscheidungen stellt. ... In seinem tür-

kischen Schelmenroman lässt Merih Günay seinen unbekümmerten und respektlosen Helden eine Berg- und Talfahrt der Emotionen durchleben. Mit pragmatischem Fürwitz gewappnet, gelingt es ihm schließlich, sich nicht mit seinem Schicksal abzufinden, sondern diesem gewieft ein Schnippchen zu schlagen. Ein fantastischer Schelmenroman über das Schicksal, die Liebe und das Glück.

Festeinband: ISBN 978-3-949197-20-8

Taschenbuch: ISBN 978-3-949197-24-6

NICHTS

Kurzgeschichten von Merih Günay

Merih Günaygeboren 1969 in Istanbul, lebt in seiner Geburtsstadt. Seit 2001, dem Beginn seines aktiven literarischen Lebens, wurden seine Erzählungen in verschiedenen Zeitschriften und Auswahlbänden veröffentlicht. Für seine Erzählungen und Bücher erhielt er zahlreiche Auszeichnungen.

Festeinband: ISBN 978-3-949197-25-3

Taschenbuch: ISBN 978-3-949197-26-0

Möchtegern-Dichter

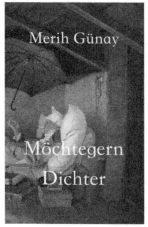

Die Menschen waren die gleichen. Müde, hoffnungslos, halb hungrig, halb schläfrig, desillusioniert, unglücklich. Menschen, die nicht wussten, nicht wissen wollten, woher sie kamen, wofür sie lebten und wohin sie gingen. Ihr Leben bestand darin, satt zu werden, zu heiraten, Kinder in die Welt zu setzen und sie großzuziehen, und dem endlosen Kampf, den sie für all das ausfochten... Es war eindrucksvoll. Dümmlicher Glaube vollbeladen mit Trost, Träume von Haushaltsgeräten, unglaubliche Lobpreisungen, aufgesetztes Lächeln auf müden Gesichtern, dieses geerbte Lächeln des gleichen Schicksals...

Festeinband: ISBN 978-3-949197-29-1

Taschenbuch: ISBN 978-3-949197-28-4

Printed in Great Britain
by Amazon

36549738R00101